人民共和國文化與文學叢書

五 編

李 怡 主編

第 **19** 冊

新時期文學重評現象研究

任 南 南 著

花木蘭文化事業有限公司

國家圖書館出版品預行編目資料

新時期文學重評現象研究／任南南 著 — 初版 — 新北市：花
木蘭文化事業有限公司，2017〔民106〕
目 2+148 面；19×26 公分
（人民共和國文化與文學叢書 五編；第19冊）
ISBN 978-986-485-090-7（精裝）
1. 中國當代文學 2. 文學評論
820.8   106013291

特邀編委（以姓氏筆畫為序）：

吳義勤 孟繁華 張 檸
張志忠 張清華 陳思和
陳曉明 程光煒 劉福春
（臺灣）宋如珊
（日本）岩佐昌暲
（新西蘭）王一燕
（澳大利亞）鄭 怡

ISBN-978-986-485-090-7

9 789864 850907

人民共和國文化與文學叢書
五 編 第十九冊   ISBN：978-986-485-090-7

新時期文學重評現象研究

作　　者　任南南
主　　編　李 怡
企　　劃　北京師範大學民國歷史文化與文學研究中心
　　　　　四川大學現代中國文化與文學研究中心
總 編 輯　杜潔祥
副總編輯　楊嘉樂
編　　輯　許郁翎、王 筑　美術編輯　陳逸婷
印　　刷　普羅文化出版廣告事業
出　　版　花木蘭文化事業有限公司
社　　長　高小娟
聯絡地址　235 新北市中和區中安街七二號十三樓
　　　　　電話：02-2923-1455／傳真：02-2923-1452
網　　址　http://www.huamulan.tw 信箱 hml810518@gmail.com
初　　版　2017 年 9 月
全書字數　129370 字
定　　價　五編30冊（精裝）台幣56,000 元

新時期文學重評現象研究

任南南　著

作者簡介

任南南，1976 年 7 月生，黑龍江省阿城人。2008 年畢業於中國人民大學文學院，獲文學博士學位，煙臺大學人文學院教師，主要研究方向爲二十世紀中國文學和當代文藝思潮，先後在《當代文壇》《南方文壇》《文藝評論》等刊物發表學術論文二十餘篇。

提　　要

　　《新時期文學重評現象研究》本書以八十年代文學重評爲研究對象，結合新時期現代文學史寫作以及海外漢學界的經典重構，通過對新時期轉型語境下文革主流文學重評和自由主義文學重評的梳理，考察帶有鮮明八十年代語境特徵的中國現代文學史的生成軌跡。重評作爲八十年代重要的文學現象，是新時期文學確立合法性的重要途徑，也是現代文學研究範式轉換的必經之路。和「重寫文學史」思潮一起貫穿了 1978 ～ 1989 年的全部文學進程，成爲各種文學力量和話語體系博弈、交鋒的關節點。本書運用知識考古學方法追溯新時期文學經典重構的發展線索，以重評爲切入點還原新時期文學生成的歷史語境，從而在新時期文學知識現場中尋找經典重評以及「重寫文學史」思潮的文學脈絡、知識譜系、評價成規，凸顯學科發展中未被呈現的某些細節。

當代的意識與現代的質地——
《人民共和國文化與文學叢書》第五編引言

李　怡

　　我們對當代批評有一個理所當然的期待：當代意識。甚至這個需要已經流行開來，成為其他時期文學研究的一個追求目標：民國時期的文學乃至古代文學都不斷聲稱要體現「當代意識」。

　　這沒有問題。但是當代意識究竟是什麼？有時候卻含混不清。比如，當代意識是對當代特徵的維護和強調嗎？是不是應該體現出對當代歷史與當代生存方式本身的反省和批判？前些年德國漢學家顧彬對中國當代文學的批評引發了中國批評家的不滿——中國當代文學怎麼能夠被稱作「垃圾」呢？怎麼能夠用作家是否熟悉外語作為文學才能的衡量標準呢？

　　顧彬的論證似乎有它不夠周全之處，尤其經過媒體的渲染與刻意擴大之後，本來的意義不大能夠看清楚了。但是，批評家們的自我辯護卻有更多值得懷疑之處——顧彬說現代文學是五糧液，當代文學是二鍋頭，我們的當代學者不以為然，竭力證明當代文學已經發酵成為五糧液了！其實，引起顧彬批評的重要緣由他說得很清楚：一大批當代作家「為錢寫作」，利欲薰心。有時候，爭奪名分比創作更重要，有時候，在沒有任何作品的時候已經構思如何進入文學史了！我們不妨想一想，顧彬所論是不是大家心知肚明的事實呢？

　　不僅當代創作界存在嚴重的問題，我們當代評論界的「紅包批評」也已然是公開的事實。當代文學創作已經被各級組織納入到行政目標之中，以雄厚的資本保駕護航，向魯迅文學獎、茅盾文學獎發起一輪又一輪的衝鋒，各

級組織攜帶大筆資金到北京、上海，與中國作協、中國文聯合辦「作品研討會」，批評家魚貫入場，首先簽到，領取數量可觀的車馬費，忙碌不堪的批評家甚至已經來不及看完作品，聲稱太忙，在出租車上翻了翻書，然後盛讚封面設計就很好，作品的取名也相當棒！

當代造成這樣的局面都與我們的怯弱和欲望有關，有很多的禁忌我們不敢觸碰，我們是一個意識形態規則嚴厲的社會，也是一個人情網絡嚴密的社會，我們都在為此設立充足的理由：我本人無所謂，但是我還有老婆孩子呀！此理開路，還有什麼是不可以理解的呢！一切的讓步、妥協，一切的怯弱和圓滑，都有了「正常展開」的程序，最後，種種原本用來批評他人的墮落故事其實每個人都有份了。當然，我這裡並不是批評他人，同樣是在反省自己，更重要的是提醒一個不能忽略的事實：

> 中國當代文學技巧上的發達了，成熟了，據說現代漢語到這個時代已經前所未有的成型，但這樣的「發達」也伴隨著作家精神世界的模糊與自我偽飾。而且這種模糊、虛偽不是個別的、少數的，而是有相當面積的。所謂「當代意識」的批評不能不正視這一點，甚至我覺得承認這個基本現實應當是當代文學批評的首要前提。

因為當代文學藝術的這種「成熟」，我們往往會看輕民國時期現代作家的粗糙和蹣跚，其實要從當代詩歌語言藝術的角度取笑胡適的放腳詩是容易的，批評現代小說的文白夾雜也不難，甚至發現魯迅式的外文翻譯完全已經被今天的翻譯文學界所超越也有充足的理由。但是，平心而論，所有現代作家的這些缺陷和遺憾都不能掩飾他們精神世界的光彩——他們遠比當代作家更尊重自己的精神理想，也更敢於維護自己的信仰，體驗穿梭於人情世故之間，他們更習慣於堅守自己倔強的個性，總之，現代是質樸的，有時候也是簡單的，但是質樸與簡單的背後卻有著某種可以更多信賴的精神，這才是中國知識分子進入現代世界之後的更為健康的精神形式，我將之稱作「現代質地」，當代生活在現代漢語「前所未有」的成熟之外，更有「前所未有」的歷史境遇——包括思想改造、文攻武衛、市場經濟，我們似乎已經承受不起如此駁雜的歷史變遷，猶如賈平凹《廢都》中的莊之蝶，早已經離棄了「知識分子」的靈魂，換上了遊刃有餘的「文人」的外套，顧炎武引前人語：「一為文人，便不足觀」，林語堂也說：「做文可，做人亦可，做文人不可。」但問題是，我們都不得不身陷這麼一個「莊之蝶時代」，在這裡，從「知識分子」

演變爲「文人」恰恰是可能順理成章的。

在這個意義上，今天談論所謂「當代性」，這不能不引起更深一層的複雜思考，特別是反省；同樣，以逝去了的民國爲典型的「現代」，也並非離我們「當代」如此遙遠，與大家無關，至少還能夠提供某種自我精神的借鏡。在今天，所謂的批評的「當代意識」，就是應該理直氣壯地增加對當代的反思和批判，同時，也需要認同、銜接、和再造「現代的質地」。回到「現代」，才可能有眞正健康的「當代」。

人民共和國文學研究，我以爲這應當是一個思想的基礎。

目次

第 1 章　導論：研究對象和問題

1.1　問題的簡單回顧

　　回顧二十世紀中國文學的發展歷程，轉折期是一個難以迴避的重要環節，努力辨析轉折過程中的「斷裂」或「承續」，改變文學史單一的因果敘述方式，挖掘被遮蔽、被忽視的豐富性與多樣性，成為學術研究中的巨大動力。劉納在《嬗變》一書中將「辛亥革命時期至五四時期的文學」當作一個獨立的文學時期，考察這一時期文學的多樣因素、可能和選擇，從而質疑五四新文學發生的歷史必然性。王德威的晚清「五四」研究是對現代文學發生的特殊時期進行解讀，質疑了西方文學影響下現代文學生成的傳統看法，指出「過渡意義大於一切」之外，晚清就存在「文學傳統內生生不息的創造力」。新時期同樣是這樣一個特殊的轉型期，在中國現代歷史上，七、八十年代之交不僅僅是國家意識形態轉型的歷史時間，同樣牽涉到中國現代化歷程中的諸多問題。就文學而言，「向前，轉折可以溯源於現代文學自身中的許多核心問題，向後，轉折，既是一種解答，也是一種生發。」〔註1〕

　　文學批評作為一種重讀的方法，它在重讀實踐中不僅豐富了文學史觀念和文學理論，而且總是依循不同時代的要求重建文學的合法地位以及新的經典秩序。面對文學經典，人們遵循了一種「選擇的傳統」，很多學者都曾經在這一思維向度上對「經典」重構展開過討論：孫紹振認為引入西方文論的價值歸宿就是對文學經典的重寫，進而使作為歷史流傳物的經典文本獲得時

〔註1〕　賀桂梅，《轉折的年代──40～50年代作家研究》濟南，山東教育出版社，2003年版，327頁。

代的生命，這一途徑實際是內在於文本的一種對經典的重新確認〔註 2〕；陶東風從文化研究的角度上認為「經典以及經典的標準實際上總是具有特定的歷史性、階級性、特殊性、地方性的」；〔註 3〕而童慶炳強調「文學經典是時常變動的，它不是被某個時代的人們確定為經典後就一勞永逸地永久地成為經典，文學經典是一個不斷的建構過程。所謂『建構』，強調的是積累的過程，不是某個人的一次性決定」〔註 4〕；李春青則認為「作為人類精神之夢的話語表徵，文學經典自然也具有歷史性，絕對不是超越歷史的永恆之物。隨著文化歷史語境的變化，昔日的文學經典遲早會受到冷落直至被棄置不顧。」〔註 5〕上述學者的研究證明了這樣一個事實：文學經典序列不但會在重讀中發生變化，而且會如特里‧伊格爾頓強調的那樣，「閱讀或批評都與我們作為社會和歷史的個人的性質深刻地交疊在一起」，〔註 6〕因此這種選擇和取捨都必然涉及到具體社會進程中的權力機制。

「新時期」是 1978 年之後使用頻率最高的概念之一，在各種理論、批評著作中「新時期文學」成為一個普遍使用的概念，在指代一個文學時段的同時隱含了關於文學的性質、突變等豐富內容，甚至具有無可爭辯的合法性，很少受到挑戰和懷疑。實際上，當代文學概念尤其是文學史分期概念往往是緊跟政治語境的變遷而變化的，「新時期文學」的出現從整體上來說也得力於「文革」後國家政治語境的變動。發表於 1978 年 5 月 11 日《光明日報》上的《實踐是檢驗真理的唯一標準》一文最早正式提出了政治意義上的「新時期」概念：黨的十一大和五屆人大，確定了全黨和全國人民在社會主義革命和社會主義建設新的發展時期的總任務。1978 年 12 月 24 日《人民日報》刊載的《中國共產黨十一屆中央委員會第三次全體會議公報》中也重申了「新時期」的提法：我們黨所提出的新時期的總任務，反映了歷史的要求與人民的願望。《文學評論》、《文藝報》等文學核心刊物紛紛將「新時期」的概念嫁接引入文學研究：1978 年第 3 期《文學評論》，刊載了周柯的《撥亂反正，開展創造

〔註 2〕 參見孫紹振，「西方文論的引進和我國文學經典的解讀」，《文學評論》，1999年第 5 期。

〔註 3〕 陶東風，「文學經典與文化權力——文化研究視野中的文學經典問題」，《中國比較文學》，2004 年第 3 期。

〔註 4〕 童慶炳，「文學經典建構的內部要素」，《天津社會科學》，2005 年第 3 期。

〔註 5〕 李春青，「文學經典面臨挑戰」，《天津社會科學》2005 年第 3 期。

〔註 6〕 （英）特里‧伊格爾頓，《現象學、闡釋學、接受理論當代西方文學理論》，王逢振譯，南京，江蘇教育出版，2006 年版，87 頁。

性的文學評論工作》，第一次推出文學意義上的「新時期」概念：「我們正處在一個偉大的新的歷史時期，新時期的總任務向文學研究和評論工作提出了新的艱巨任務。」1978 年第 1 期《文藝報》刊載了《中國文聯第三屆全國委員會第三次擴大會議的決議》，決議認為：「文學藝術必須為工農兵服務，為社會主義革命和社會主義建設服務，在今天就是要為實現新時期的總任務服務。會議決定在明年適當的時候，召開中國文學藝術工作者第四次全國代表大會，……討論新時期文藝工作的任務和計劃」。

作為當代文學的關鍵詞，「新時期文學」的界定始終存在分歧：就概念的外延而言，僅對「新時期文學」起止時間的界定目前就有幾種不同說法〔註7〕。吳家榮在《新時期文學思潮史論》中認為其時間跨度為 1976 到 1992 年；陳曉明在《表意的焦慮》中提出起於 1976，止於 1987 的觀點。更多的研究者以黨的十一屆三中全會召開，即 1978 年為新時期起點，以 1989 年為終點。還有一種看法則是認為新時期文學至今沒有終結，「仍然用『新時期文學 20 年』來概括中國文學自 70 年代末以來所走過的文學歷程」〔註8〕。本文所探討的新時期「文學重評」，採用研究界通常意義上對新時期的理解，主要是指發生於 1978 年到 1989 年十餘年的經典重評現象。

在轉型語境中，新時期文學重評的關鍵在於如何認識現代文學的合法性，「近 100 多年來，現代中國在社會政治、經濟、思想文化等方面發生劇烈變革。這種變革的重要徵象之一，就是大規模的『價值重估』，出現『經典』（文學經典是其重要構成）在不同時期的大規模重評的現象」。〔註9〕建國後，中國「左翼」文化在國家主體的建構中試圖建立一種以階級屬性為基本表徵的文學形態，形成了以左翼文學為主要線索的文學史書寫形態，但隨著「文革」結束的社會轉型，這種文學史經典秩序也受到質疑。有研究者指出「……在中國，現代經典討論在 1978 這些和政治路線的變化密切相關的年份裏獲得了新的動力。」〔註10〕而 1978 正是中國社會由毛澤東時代的革命意識形態向

〔註7〕　郝明工，「中國大陸當代文學運動的歷史命名──從社會主義革命時期文學到後新時期文學」，《涪陵師範學院學報》，2003 年第五期，第 4 頁。

〔註8〕　丁帆、朱麗麗，「新時期文學」，洪子誠、孟繁華主編《當代文學關鍵詞》，桂林，廣西師範大學出版社 2002 年版，159 頁。

〔註9〕　洪子誠，「當代文學中的經典問題」，《文學的歷史的敘述》，開封，河南大學出版社，2005 年版。

〔註10〕　佛克馬、蟻布思，《文學研究與文化參與》，北京，北京大學出版社，1996 年版，第 45 頁。

新時期現代化意識形態全面轉型的天然臨界點，由此開啓的轉型期現代文學研究，是以大規模的文學經典重讀爲主的。在經典重評中，這一時期的文學研究範式與此前三十年間的研究面貌呈現出巨大差異。

在八十年代文學批評和文學史寫作中，憑藉新知識資源和評價體系，研究者力圖對「文革」時期被極左政治塑造爲主流經典的相關作家作品進行重新評價，做出新的歷史定位；同時將建國後現代文學研究中一再受到壓抑、排斥的自由主義文學回收納入到新的文學史體系中，並且由最初局部微觀地重評調整逐漸深入，在八十年代中期發展成「重寫文學史」思潮，從而徹底轉變中國現代文學研究在建國初建構的基本話語，有效更換了現代文學的經典知識譜系。研究者意識到「我們在研究中必須面對的『現代文學』實際上是一種『當代意義上的現代文學』，因爲『現代文學』的文學史意識是在『當代』形成的，具體地說，它的所謂『當代』實際上就是『八十年代』。對於王富仁、錢理群、趙園等締造了『現代文學』文學史意識的一代學界『新人』而言，『八十年代』既是他們「告別」的年代，又是其『新生』的年代。『告別』是指由於『文革』後歷史重釋使他們有意『中斷』了與他們過去歷史的聯繫（他們幾乎都是『文革』前的大學畢業生，或就讀於此時期），而『新生』即是按照歷史重釋的邏輯而建立新的歷史落腳點」。因此「我們『今天』所知道的魯迅、沈從文、徐志摩，事實上並不完全是歷史上的魯迅、沈從文和徐志摩，而是根據 80 年代歷史轉折需要和當時文學史家（例如錢理群、王富仁、趙園等）的感情、願望所『重新建構』起來的作家形象。」「我們『今天』所『看到』的，並通過他們的學生或學生的學生所不斷研究、發掘的中國現代文學史，不就是『80 年代』意義上的那個中國現代文學史麼？」〔註 11〕這種八十年代意義上的現代文學史以及經典認定方式就成爲本書所要討論的主要問題。

1976 年粉碎「四人幫」之後，國家政治著手清理「四人幫」、「極左文化」對中國社會文化的影響，以暫時懸置「社會主義目標」的方式實現由建國後的革命意識形態到八十年代「以經濟建設爲中心」的現代化意識形態的轉移，而人文知識界正是在這樣的過程中經歷了對傳統的革命意識形態下知識資源的棄守和新知識話語的啓用。70 年代末期，新時期政治在處理文革極左政治與左翼政治之間的微妙關係時，就展開對「文革」主流經典的重新評價，對

〔註 11〕 程光煒，「新世紀文學『建構』所隱含的諸多問題」，《文藝爭鳴》，2007 年第
　　　　 2 期。

「文革」歷史和「文革」文學史採取了相同的「他者化」手段。在重評中，「文革」極左政治塑造的主流經典〔註12〕與左翼文學被有效隔離，完成了左翼文學體系內部的清理，同時在現代文學學科復蘇之際，通過現代文學史教材的編纂，將左翼文學史觀下被排斥的自由主義作家重新回收，從而在動搖了原有現代文學觀念的同時，文學史中「文學／政治」的二元對立框架也做出了適當調整，在八十年代中期醞成了重要思潮——「重寫文學史」，因此從經典重評到「重寫文學史」思潮，八十年代整個現代文學研究幾乎都是一種重寫行為。在國家意識形態和知識話語的雙重轉型中，經典重評成為新時期文化的中心命題，激起了文化界強烈的反響和討論，與重評直接相關的中國現代文學學科也一直處於新時期思想文化界的中心。經典重評在某種程度上成為新時期話語建構其知識合法性的重要資源，成為一個闡釋八十年代歷史情勢的有效切口，此時現代文學經典的篩選和追認，為我們提供了一個與經典文本的命名話語對話的機會——在經典譜系的調整中，去尋找國家意識形態轉型為文學史書寫帶來的變化，以及這種重寫行為背後意識形態與非意識形態話語作用過的痕跡；在還原歷史語境的過程中，努力還原八十年代化的中國現代文學史構建和生產的原貌，最終實現對「重寫文學史」背後知識建構以及生產方式的梳理和再考察。

正如基洛里為《文學研究批評術語》撰寫的「經典」條目指出的「這樣一個歷史事實」，「經典中不斷有作品添加進來，與此同時，其他的作品又不斷地被抽去」〔註13〕，任何經典化過程都伴隨著一個相應的去經典化過程。文學經典化作為一種選取性、排他性的文學價值評價行為，在選取經典的時候，必然要對那些老經典、準經典、偽經典、泛經典進行遴選、排查與封殺，歷史上文學經典化的「改朝換代」一向如此，當代文學經典化的「標榜排行」同樣如此，無論是「排座次」、「獲大獎」還是「進文庫」、「入教材」，本質上都是一個在舊經典中甄選新經典的過程。八十年代初期的文學重評，實際上呈現出兩種重要傾向：回收、擴充和隔離剔除，即文學史的「加」與「減」。「去經典化是對原先被民粹主義和政治實用主義思潮奉為經典的文學藝術

〔註12〕 如《金光大道》、《牛田洋》、《虹南作戰史》，四人幫的各種寫作組、浩然、初瀾、梁效等。

〔註13〕 Frank Lentricchia & Thomas McLaughlin （eds.），*Critical terms for Literary Study*，Chicago，The University of Chicago Press，1990，p.237.轉引自陶東風，「去精英化與文學經典建構機制的轉換」，《文藝研究》，2007 年 12 期。

——從解放前的革命文學、左翼文學，到解放後的『紅色經典』、『樣板戲』
——進行重新評價，或徹底否定或大大降低其在文學史上的經典地位（被發
起『重寫文學史』的《上海文學》『揪』出來加以『降級處理』或者是政治色
彩濃厚的作家，如茅盾；或者是民粹主義傾向嚴重的作家，如趙樹理）；與此
同時，把原先被民粹主義、政治實用主義排除或貶低的作家作品，如張愛玲、
沈從文、錢鍾書等，納入經典作家與作品的行列」。〔註14〕作爲文學經典的再
確認工程，重評大致呈現幾個向度：對曾經被文革極左政治否定的左翼文學
經典的重讀、對文革主流文學重新定位、對已經經典化的現代文學作品再解
讀以及對於自由主義作家的重評並實現文學史的擴充。而且此時的文學重評
與海外漢學界對中國現代文學經典的重構形成了一種時間上、空間上的特殊
呼應。早在六十年代，夏志清在《中國現代小說史》的寫作中，就試圖依靠
「純文學」視角和新批評的學術資源進行經典重評。夏志清和普實克之間源
於學術立場和政治信仰之間差異導致的爭論，在新時期初期都成爲中國現代
文學經典重評的重要背景和資源，在這種「純文學」與「社會歷史方法」、中
國與海外、「新時期」與「文革」的對話中，實現八十年代化的文學史重寫。

新時期初期的經典重評發展到八十年代中後期，不斷醞釀出新的文學史概
念和思潮，「二十世紀中國文學」概念和「重寫文學史」思潮就是不斷推進的經
典重評的成果。「重寫文學史」是陳思和、王曉明在主持《上海文論》「重寫文
學史」專欄時提出的學術主張，這一專欄從 1988 年第 4 期推出到 1989 年第 6
期結束，共發表關於 20 世紀中國文學的探討文章 40 多篇。這些文章主要是對
以往文學史中已有定論的現代文學和十七年文學重要現象的價值評估，以否定
態度重評一大批五、六十年代文學史的「經典」和「樣本」，抬高現代文學史中
被遮蔽的作品、流派如鴛鴦蝴蝶派的地位，客觀上爲文學研究的學術化、科學
化「加」了許多新元素。雖然討論以學術的名義進行，結語也謹慎迴避政治色
彩〔註15〕，但仍藏不住經典重評與「重寫文學史」主張背後的一個共同傾向，

〔註14〕 Frank Lentricchia & Thomas McLaughlin （eds.），*Critical terms for Literary
Study*，Chicago，The University of Chicago Press，1990，p.237.轉引自陶東風，
「去精英化與文學經典建構機制的轉換」，《文藝研究》，2007 年 12 期。

〔註15〕 毛時安的論文《不斷深化對文學史的認識》在特定的氣氛下，總結了這次討
論，認爲這次討論注重學術性和科學性，在討論中強調以建設思維代替破壞
性思維，強調以文學標準代替抽象的觀念標準，強調方法上以多視點代替單
視角。言語間儘量避免與政治標準的針鋒相對。見《上海文論》1989 年第 6
期，第 76～80 頁。

就是要通過對「五四」啓蒙文學傳統價值的肯定以及對革命文藝和自由主義文學的重評，努力實現文學史書寫範式的變化，呈現出追求「純文學」的思維軌跡。在文學史寫作方法大討論的背景下，「新時期文學」多被定位於對「五四」新文學傳統的繼承和延續，重評努力打造「純文學」和「新啓蒙」的形象，在「純文學」敘述對革命範式文學史的顛覆中，借美學、歷史之力來試圖清除政治影響的策略，實現去意識形態化的重寫目標。

曼海姆曾經說過：「同一個詞，或同一概念，在大多數情況下，由不同情境中的人來使用時，所表示的完全是不同的東西。」〔註 16〕因此，我們在研究「重寫文學史」現象的時候，不難發現文學史就是不同時代對「文學性」的理解，而不同背景下術語或概念的不同策略性使用，可以呈現出它們被建構的社會歷史語境，因此我們重返「重寫文學史」現場的意義並不在於它再度發現了二十世紀中國文學史，而在於它所投射的「新時期」獨特語境。在新時期已成爲歷史的今天，我們重新審視「重評」，只是希望可以洞悉特殊的轉型語境是如何支配及影響了「重寫」的宏偉工程，而這一「重寫」工程所生產的「知識」又是怎樣演變成爲特定時代語境的鮮明表徵的。在回顧文學經典重評的發生時，不去關注八十年代文學史「知識」的新舊替換，而是對這些「知識」賴以存在的前提進行反思，從而對已經存在的諸多「話語」與「知識」進行新的追問。

作爲「去經典化」和「經典化」雙向同時展開的研究活動，文學重評最終促成了文學史重寫，因此重評不僅是現代中國政治、思想、文化諸領域各種話語相互作用的特殊空間，也相應地對現代文學的歷史講述形成制約和操控，而這一切都暗示出「文學重評」研究意義的存在。

1.2　研究的目的與角度

蘇珊・朗格曾指出：「要想對於一個理論以及這一理論有關的所有概念作出可靠的解釋，就必須先從解決一個中心問題著手，即先從確立一個關鍵概念的確切含義著手。」〔註 17〕經典重評和文學史重寫是八十年代現代文學研

〔註16〕卡爾・曼海姆，《意識形態與烏托邦》，黎鳴等譯，北京，商務印書館，2000
　　　　年版，278 頁。
〔註17〕〔美〕蘇珊・朗格，《藝術問題》，滕守堯、朱狐源譯，北京，中國社會科學
　　　　出版社，1983 年版，第 3 頁。

究中最爲重要的現象之一，連接著現代文學的歷史評價、當代文學傳統在新時期的變遷、外來文化因素的影響、以及政治文化話語方式的變化。正如有研究者指出的，「所謂文學史的重寫，以及對於中國現當代文學史的評價，從來就不只是一種文學史、學術史的評價，而是關於中國革命史乃至中共黨史的評價。這爲中國現當代文學史的寫作和評價的政治屬性提供了一個不可迴避的前提，當然，這也是對歷史事實的一種眞實描述。革命史或者黨史作爲政治史的典範文本，鮮明的階級性應該成爲它的生命，其政治屬性和黨派性具有理所當然的倫理基礎和學理基礎。甚至說，政治本身就是它的全部倫理。」〔註 18〕因此，以新時期經典重評爲考察對象，我們可以大概還原文革結束後複雜的文學場域，洞察八十年代從經典重評到「重寫文學史」思潮這一帶有新時期語境特徵的「純文學」的想像過程，從而梳理出文學重評與意識形態之間的複雜聯繫。

在論文中，「浩然重評」和「沈從文重評」將會被並列爲主要對象進行研究，同時兼及大陸、海外文學史研究變化作爲討論背景。所以會選擇這樣兩位不同的作家，是因爲他們的重評背後牽涉到八十年代文學轉型的兩大問題：即壓制左翼文學和強調文學的自主性。如果說「浩然重評」是爲了反省左翼文學和文學政治化，那麼「沈從文重評」則著重強調「文學性」的重新生成，二者之間的歷史互動，則是爲「重構」八十年代意義上的「現代文學」服務的。建國後現代文學一直是在國家政治的框架內完成以左翼文學爲主要線索的歷史架構，爲了適應新中國國家意識形態表述和國家主體營構的需要，現代文學在「工具論」的理論支持下比附於政治而存在，形成了五、六十年代的一整套經典序列。而這種文學史在文革極左政治的影響下，沿著同一思路生成了更爲極端化的革命文學體系，在「文藝黑線專政論」、「三突出」等革命美學原則的影響下，文革極左政治否定了此前左翼文學史觀下的經典序列，重新塑造了大量主流文學經典和代表作家，如浩然、汪曾祺、張永枚、南哨（長篇小說《牛田洋》作者）、李雲德（長篇小說《沸騰的群山》作者）、郭先紅（長篇小說《征途》作者）、畢方、鍾濤等人。這種特殊的文學經典確立過程，成爲新時期文學重評的重要背景和作用對象。

新時期初期，國家意識形態的調整帶來了文學經典重評，在對文革主流

〔註 18〕張富貴，「革命史體系與現代文學史寫作的邏輯缺失」，《吉林大學學報》，2006年第五期。

文學的重評中完成對文革極左政治的歷史評價，從而實現新時期政治的合法化。因此文革主流文學在新時期初期的重評，同樣是新時期對文革歷史的重評、對左翼政治的重評，而浩然作為文革時期極端化革命美學的體現者，在文革時期以「魯迅走在金光大道」上的特殊方式成為文革極左政治打造的主流經典首先成為重評對象。而新時期對以浩然為代表的前經典進行重評呈現出鮮明的矮化、政治化、去經典化傾向，這與新時期政治徹底否定文革和極左政治，實現與文革前左翼政治歷史的銜接從而將文革他者化的操作思路完全一致，在對《金光大道》等作品的重評中，徹底否定文革主流文學，從而將文學史敘述的主線重新伸迴文革前的五、六十年代，在新時期文學與五、六十年代文學有效對接的同時，將文革主流文學排除在新的文學史敘事體系之外，從而實現左翼文學內部的清理，完成了以左翼文學為主要線索的文學史體系的簡化。而且，重評精簡左翼文學史的同時，也開啟了左翼文學史體系之外長期受到埋沒、壓抑的自由主義文學的回收，並且在八十年代中期重寫文學史思潮中，實現文學史敘事的突破。沈從文作為最早得到重評的自由主義作家，被納入到八十年代有關「人」、「人的發現」、「文學的發現」的話語秩序裏，顯示了新時期文學重評的具體意向和逐漸清晰的評價成規。1985年陳平原、黃子平、錢理群等人的「20 世紀中國文學」概念和此後《上海文論》「重寫文學史」專欄關注的重心都在於如何重構被人為分割成現代文學和當代文學兩種學科的新文學歷史圖景和文學經典序列。這一文學經典秩序的顛覆與重構，是整個八十年代在轉型語境中重寫歷史的構成部分之一，而沈從文得到重評並且被文學史重新回收就是這種原有經典序列顛覆之後經典重構的表現，體現了對五、六十年代「革命」範式的文學史寫作體系的調整和對現代化文學歷史敘述範式的追求。

　　蔡翔曾經在《何謂文學本身》中指出：「近二十年來『純文學』是一個極為重要的核心概念，它不僅創造了一種嶄新的文學觀念，同時也極大地影響並已改寫了中國的當代文學。的確，以『回到文學本身』為基本理念的純文學觀念深刻地影響了 80 年代以來的中國文學思潮，從『文學為政治服務』口號的終結到現代派文學的興起，從先鋒文學的崛起到以建立『一門獨立的、審美的文學史學科』為目的的『重寫文學史』運動，『純文學』觀念無疑一直扮演著文學的主導角色。」事實上，正是在批判既有文學史敘述體系過程中對經典作家作品的重新命名，使得『純文學』觀念深入人心並成為新

的文學『常識』。」〔註 19〕在五、六十年代文學史書寫中，新文學的「救亡現代性」長期以主導的姿態壓抑了「純文學」的「審美現代性」，作爲現代文學領域內自由主義思潮的核心範疇，「純文學」從左翼文藝運動的興起到「文藝爲政治服務」理念的確立，逐漸被「工具論」文學觀取代。直到 80年代，從「政治化」文學到「人性」的文學、從「外部研究」到「內部研究」、從「反映論」、「再現論」到「自我表現」、從「寫什麼」到「怎麼寫」、從拒斥形式主義到對形式實驗的肯定，當代文論以及文學創作實踐確認了文學的自律性、獨立性和自足性。與此同時，文學重評重新發掘被排除在左翼文學體系之外的自由主義作家，借助沈從文、張愛玲、周作人、錢鍾書、梁實秋等曾被革命文學史剔除出去的作家構造出一個新的、偉大的「純文學」傳統，完成一種新時期語境中對文學內涵的「重評」，並且形成相應的知識表述，在完成八十年代化的純文學想像的同時，壓制左翼文學並建構一種新的現代文學敘述體系。

關於「純文學」，蔡翔還從現代性建構層面爲我們提供了一種看法：「借助於『純文學』概念的這一敘事範疇，在當時成功地講述了一個有關現代性的『故事』，一些重要的思想概念，比如自我、個人、人性、性、無意識、自由、普遍性、愛等等，都經『純文學』概念的這一敘事範疇，被組織進各類故事當中」〔註 20〕。出於「現代性故事」的需要，理論界重新啓用純文學概念，作爲新的理論支點爲當代文學傳統中的左翼文學、文革主流文學和五四新文學的評價對以往的尺度和規範的突破提供了學理依據，八十年代現代文學研究在一種高度意識形態化的語境下努力實現學術研究的去意識形態化訴求，然而這種「純文學」的追求同樣是以「一種現代主義敘事」對左翼文學的壓抑來實現的，因此這種新文學經典序列的建構導致文學史在另一層面的「單薄」和「狹窄」。

文學重評和「重寫文學史」是八十年代現代文學研究的重要現象，橫貫了粉碎「四人幫」到八十年代末期整個新時期文學的始終，作爲政治與文化在特定歷史時段下的縮影和反映，成爲八十年代知識場域建構的軸心。伏爾泰說過：「我們可以給金屬、礦物、元素以及動物等下定義，因爲它們的性質永遠不變；可是人的作品。就像產生這些作品的想像一樣：是在不斷變化著

〔註19〕蔡翔，「何謂文學本身」，《當代作家評論》，2002 年第 6 期，第 31～42 頁。
〔註20〕蔡翔，「何謂文學本身」，《當代作家評論》，2002 年第 6 期，第 31～42 頁。

的。……在純粹依賴想像的各種藝術中，有著像在政治領域中一樣多的變革，就在你試圖給它們下定義的時候。它們卻正在千變萬化。」〔註 21〕應該說，作為人文現象的文學史著述範式「千變萬化」是必然的，而在這種變化中努力挖掘它的規律，呈現那未曾鋪開的文學事實則是我在本文寫作中努力實現的目標。

〔註21〕　〔法〕伏爾泰，「論史詩」，蔣孔陽、伍蠡甫主編，《西方文論選》〔下卷〕，上海，譯文出版社，1979 年版，320 頁。

第2章 文學重評的發生

　　「實現現代化」與「實現共產主義」是當代中國的兩大社會理想，「現代化與社會主義目標之間的緊張關係」也因此成為建國後中國社會生活的「核心線索」。〔註1〕在西方學者看來，現代化形態與社會主義終極理想之間的衝突導致了當代中國社會發展的矛盾和困擾──「中國共產黨人在 1949 年取得政權，當時是允諾進行兩次革命而不是一次革命；資產階級革命和隨之而來的社會主義革命」，毛澤東時代中國作為社會主義國家最突出的特徵就是「使現代工業化手段同社會主義目標相調和的獨特嘗試。」〔註2〕無論「大躍進」還是「文化大革命」都顯示出毛澤東時代努力將社會主義目標與現代化道路組合成一次革命的強烈願望，而兩者的失敗又顯示出在 1949 年到 1976 年之間中國國家政治協調嘗試的失敗，同時也促成了在 1966 年達到巔峰的革命意識形態在「文革」結束後得到重新評價，直接釀成了新時期中國社會公眾對社會主義試驗和革命意識形態厭倦甚至牴觸的複雜心理，從而展開了新時期對毛澤東時代的社會試驗和經典革命話語的批判和反省。

　　這種對毛澤東時代的反思昭示出新時期社會歷史板塊即將發生置換的社會心理基礎和「新的歷史時期的到來」。而在標誌著新的歷史時期開端的十一屆三中全會上主流政治提出新的社會發展規劃，為了區別於毛澤東時代將社會主義目標和現代化調和的意圖，新時期的中國社會被定義為「社會主義初級階段」，從而將現代化理解為社會主義初級階段首先需要完成的任務，社會

〔註1〕賀桂梅，《人文學的想像力》，開封，河南大學出版社，2005 年版，第 22 頁。
〔註2〕〔美〕莫里斯・梅斯納，張英等譯《毛澤東的中國及其發展──中華人民共和國史》，北京，中國社會科學文獻出版社，1992 年版，第 481～482。

主義目標則成爲到高級階段才需要去面對的終極理想──「這絕不是說革命的任務已經完成，不需要堅決繼續進行各方面的革命鬥爭。社會主義不但要消滅一切剝削制度和剝削階級，而且要大大發展社會生產力，完善和發展社會主義的生產關係和上層建築，在這個基礎上逐步消滅一切階級差別，逐步消滅一切主要由於社會生產力發展不足而造成的重大社會差別和社會不平等，直到共產主義的實現。」「這是人類歷史上空前偉大的革命，正是這個偉大革命的一個階段。」〔註3〕在初級階段和高級階段的分野中，建國後新中國在處理「社會主義目標」和「現代化」目標時力不從心的尷尬得到化解，而現代化則在「社會主義初級階段的根本任務是發展生產力」「以經濟建設爲中心」的主流話語講述中取代毛澤東時代的革命意識形態成爲八十年代的核心話語，兩次革命在具有「階段性」「暫時性」的社會主義初級階段的掩護下合而爲一，這種國家意識形態的重大調整開啓了綿延整個二十世紀後二十年的現代化進程，也生成具有鮮明時代特徵的新時期文化語境。

葛蘭西關於文化革命的觀點認爲，任何一場社會政治革命都必須伴隨一場文化革命，以重新安置「人」。新時期現代化社會革命帶來的文化革命是以對以往社會科學成果的再評價爲肇始的，這種再評價既是對「前文革」時期極端革命意識形態的反思，也是在對文學作品、哲學、美學、倫理學、政治學的重評中找到新時期文化建構的原點，重評因此成爲席捲整個八十年代的文化現象。作爲文化界長盛不衰的話題之一，重評的發生方式、重評的話語操作手法、重評焦點的選擇就成爲八十年代文化場域敏感的風向標，傳遞出特殊文化語境中八十年代化的知識生產方式和文學歷史書寫的些微特徵。

2.1　傳統經典的命運

正如孟繁華在《新世紀：文學經典的終結》中所描述的，經典的確立與顛覆從來沒有終止過，而文學史從某種意義上也可以說就是經典的確立與顛覆的歷史，經典的每一次危機過程也就是經典的重新確立的過程。新時期的文學重評實際上是在國家意識形態轉型的背景下進行的經典的再確認，因此在「前文學經典」的「去經典化」和左翼之外作品的「經典化」過程中，文

〔註3〕「中國共產黨中央委員會關於建國以來黨的若干歷史問題的決議」，中共中央文獻研究室編，人民出版社1982年版，845頁。

學經典成為文學重評中的一個核心問題。根據佛克馬的研究，「從歷史和社會的角度來說，所有文學經典的結構和作用都是平等的。所有的經典都由一系列眾所周知的文本構成——一些在一個機構或者一群有影響的個人支持下而選出的文本。這些文本的選擇是建立在由特定的世界觀、哲學觀和社會政治實踐而產生的未必公開的評價標準的基礎上的。這些文本被認為能夠滿足特定的需要，它們為人們的個人生活和社會行為提供選擇，它們提供著針對人們在真實生活中可能遇到的難題的解決方案。這些選文被認為是有價值的並被應用於教育，它們還一起構成文學批評的參照系」。而且，「每一個經典都有自己地理的、社會的和文化的範圍，有它自己的市場，那些固定程度或高或低的規則只能在那個範圍內調整文學權威（教育者、批評家或其他專家）和一般讀者之間的關係。」〔註4〕這種研究表明一旦「地理的」「社會的」「文化的」的「範圍」發生變化，經典就會作出調整。因此每當「特定的世界觀、哲學觀和社會政治實踐」發生轉型，建立在此基礎上「未必公開的評價標準」也會適時變化，因此重評經典是社會文化發展中合理而常見的現象。

　　從「文化大革命」落幕到二十世紀結束，歷史在中國社會發展進程中呈現出了一個相對完整的階段，在「前文革」時期革命意識形態到八十年代「現代化」時代主題生成之間，新時期成為兩大社會板塊（毛澤東時代的社會主義意識形態到八十年代的現代化意識形態）的天然銜接，承載起社會文化轉型期間所有微妙的勾連和模糊的隔斷，文學重評作為新時期文化語境的外在表徵，不可避免地也在顯示著特殊時期的曖昧與複雜。開始於1978年的現代文學經典重構，首先需要面對在文革極左政治塑造的主流文學經典，即所謂「樣板」。眾所周知，「文革」期間，作家寫作需要得到極左政治的允許重新取得資格，因此，文學創作、文學問題與政治問題之間的界限被模糊，除了郭沫若、浩然以及部分工農出身的作家如胡萬春等，作家普遍失去了寫作資格，「在作家知識分子作為控制對象的情勢下作品的發表主要被看做是一種政治上的榮耀。」〔註5〕作家創作資格的取消和對文學經典的大規模顛覆形成了「文革」這樣一個「經典缺席」的時代，而這也是文革極左政治創造他們的「經典」，即「開創人類歷史新紀元的、最光輝燦爛的新文藝」的措施之一。填充「經典」空白、製造大量可供複印、模仿的樣板成為文革極左政治新的

〔註4〕佛克馬，「所有的經典都是平等的，但有一些比其他更平等」，中國文學網。
〔註5〕洪子誠，《中國當代文學史》，北京，北京大學出版社，1999年版，185頁。

文化策略，而這一批新經典與極左政治的複雜關係使它們在新時期首先成為重評的對象。

文革文學中，「確立為樣板的主要是京劇、舞劇等藝術形式，而文學各樣式（詩、小說）在提供可作為『無產階級文藝』典範之作上，卻似乎遇到了困難。」「既不存在某種可依憑的模式，在接受上也與觀賞戲劇的集體性有很大差異，這使確立『樣板』的工作難以奏效。」〔註6〕而按照當時政治需要組織完成寫作的小說如《虹南作戰史》等，即使評價者在充分肯定其價值時，也不得不承認它們難以掩蓋的缺陷：「以作者的議論來代替藝術上對人物的塑造」「全書只有一種語言」。〔註7〕在這種背景下，浩然的長篇小說成為倍受關注的特殊文本。文革中浩然的作品雖然一直受到肯定，但在1974年前後其文學、政治評價迅速提高，《金光大道》以「魯迅走在金光大道上」的特殊際遇成為「文革」極左政治塑造的主流經典。因此「文革」結束後，浩然和他的作品一同受到新時期文化的重新估價。與《金光大道》一起受到新時期語境重評的作品還包括《我們這一代》、《西沙兒女》、長篇小說《前夕》等一批在文革極左時期被納入到文革主流話語生產體系的作品，特殊的閱讀環境給這一批作品帶來巨大聲譽，而作家與極左政治的特殊關係也成為遭人垢病的直接根源，在新時期撥亂反正潮流中，這一批作家和作品與文革極左政治一同受到新時期主流文化的質疑，新的標準體系下對他們的評價更是直接體現在當時的重評文章中。

眾所周知，文學經典的形成是歷史合力共同作用的結果，受到文本自身的資源狀況和文本形成和接受的文化語境等多重因素的影響。因此伴隨著文本形成與接受語境的變遷，促成經典誕生的歷史合力也會發生變化，從而形成不同的文學評價和文學史判斷。眾多文學史的問世標誌著文學重評的發生及其合理性，因此，作為文學發展中正常的研究現象，文學重評決不僅僅局限於文革結束到新時期之間這一段特殊的轉型語境。由於文革極左政治構造的主流經典無疑具有文革時期無可質疑的「政治合法性」，因此，在新時期政治重評文革歷史的過程中這些作品也同樣受到新時期政治和新時期文學的「重評」，而且規模驚人，引人注目。

〔註6〕 洪子誠，《中國當代文學史》，北京，北京大學出版社，1999年版，185頁。
〔註7〕 方澤生，「還要努力作戰——評『虹南作戰史』中的洪雷生形象」，《文匯報》，1972年3月18日。

　　實際上，「文革」結束後遭遇到重評命運的作家和作品數量極大，然而在撥亂反正的時代大潮中，在「文革」中先後被打成毒草的作品隨著對「文藝黑線專政論」的批判重新浮出水面，在十七年政治性評價成規下受到排擠的新文學作品在新評價體系下獲得重評，得到了藝術層面的謹慎定位，而與左翼政治結合緊密、貫徹毛澤東《講話》路線的作家並沒有在人們反思極左政治的過程中遭到徹底顛覆，因此以《金光大道》為代表的文革主流文學的遭遇成為新時期之初獨特的文學現象，為我們重返新時期初期的文學現場提供了一個巧妙的天然入口：為什麼是這一批作品在「文革」和「文革後」兩種社會語境下的評價顯示出天壤之別、充當了歷史轉型風口浪尖的浮標？八十年代初期的文學重評究竟依據是何種標準塑造文革主流經典在新時期的文學史形象的？這些新評價僅僅是文學理念、評價成規的轉型帶來的結果還是依舊攜帶著意識形態作用的痕跡？轉型語境對重評標本的有意識選擇讓我們得以「考察在一篇文學作品的周邊，是如何糾纏著意識形態、文學成規、翻譯文學和知識症候等多重因素的，而文學評論和文學史為什麼要過濾、篩選乃至故意遺忘掉這一些因素，而強調、突出和擴大另一些因素的。」〔註8〕

　　七、八十年代之交，新時期政治的一系列文化工程都試圖重寫歷史，主流意識形態利用各種論證手段促成歷史的重新構造。如戴錦華所描述的：「中國共產黨十一屆三種全會《中國共產黨關於建國以來若干歷史問題的決議》，以徹底否定文化大革命的權威結論，為這一時代落下了厚重的帷幕。這一歷史定位，無疑以充分的異質性，將『文革』時代定位為中國社會正常肌體上一個『似可徹底剔除的癌變』，從而維護了政權、體制在話語層面的完整和延續，避免了反思質疑『文革』所可能引發的政治危機；但完成一次深刻的社會轉型所必須的意識形態合法化論證過程，卻必然以清算『文革』為肇始。」〔註9〕毛時安則從文學史重寫視角來看待這種歷史的重構：「重寫文學史是黨的十一屆三中全會路線在文學研究領域的邏輯必然。」並且「從文學史角度否定文化大革命就必然牽涉文化大革命前的文學史，牽涉文學史中的作品作家文學現象和事件的再認識、再評價。要徹底否定文化大革命就

〔註8〕程光煒，「八十年代文學與人大課堂」，《海南師院學報》，2007 年第 1 期。
〔註9〕戴錦華，《隱性書寫：九十年代中國文化研究》，南京，江蘇人民出版社，1999年版，第 43 頁。

必然要重寫文學史。」〔註10〕實際上，這種重新書寫文學史是在顛覆了原來的經典序列、重新命名文學經典的同時，對歷史進行有選擇的取捨、略寫，從而實現否定「文革」，將七、八十年代的社會轉型塑造成爲進入現代化進程的偉大歷史契機。而處於這一社會轉型漩渦中的文革主流文學重評就再一次驗證了伊格爾頓在考察眾多的文學定義後作出的判斷：「我們不僅揭示了文學並不在昆蟲存在的意義上存在，以及構成文學的價值判斷具有歷史的可變性，而且揭示了這些價值判斷本身和社會意識形態之間的密切關係，它們最終不僅涉及個人趣味，而且涉及某些社會集團賴以行使和維持其統治權力的假定。」〔註11〕

「20世紀中國文學從其啓動伊始，便被人爲地剝奪了主體創作的自由想像空間和藝術表現權利，一代又一代的政治革命家，他們根據中國社會革命的實際需求，無一例外都過份看重文學非本質的實用功利主義品行。」〔註12〕我們姑且不去追究這種「指控」適用於整個二十世紀中國文學生產的科學性，僅就1949～1976年毛澤東時代主流文學的創作模式而言，它無疑是中肯而確定的。「50、60年代的文學生產和價值追求，對『藝術標準』一直表現得比較冷漠，小說的敘事、詩歌的抒情及其他文學樣式審美形態的設計，只不過是爲了完成對意識形態的確認，它孜孜以求並一再強化的主要是對廣大青年讀者的『教育』功能」〔註13〕。1949～1976年的17年間，先後有大批文學作品問世，〔註14〕它們的現實意義正如邵荃麟描述的，「使我們人民能夠歷史地去

〔註10〕毛時安，「不斷深化對文學史的認識」，《上海文論》，1989年第6期。

〔註11〕〔英〕伊格爾頓，《二十世紀西方文學理論》伍小明譯，西安，陝西師範大學出版社，1987年第2版，第19頁。

〔註12〕宋劍華，《百年文學與主流意識形態》，長沙，湖南教育出版社，2002年版，第107頁。

〔註13〕程光煒，「我們是怎樣革命的」，《南方文壇》，2000年第六期。

〔註14〕長篇有《銅牆鐵壁》（柳青，1951）、《保衛延安》（杜鵬程，1954）、《鐵道游擊隊》（知俠，1954），《紅日》（吳強，1957），（林海雪原》（曲波，1957）、《紅旗譜》（梁斌，1957）、《青春之歌》（楊沫，1958）、《戰鬥的青春》〔雪克，1958〕、《野火春風鬥古城》（李英儒，1958）、《烈火金鋼》（劉流，1958）、《敵後武工隊》（馮志，1958）、《苦菜花》（馮德英，1958），《三家巷》（歐陽山，1959），《紅岩》（羅廣斌、楊益言，1961）、《歐陽海之歌》（金敬邁，1965）、《豔陽天》〔浩然，1964～1971〕、《虹南作戰史》（集體創作，1972）等；詩集有《投入火熱的鬥爭》（郭小川，1956）、《雷鋒之歌》（賀敬之，1963）；文革時期有京劇《紅燈記》、《沙家濱》、《智取威虎山》、《海港》、《平原游擊隊》、《奇襲白虎團》，芭蕾舞劇（紅色娘子軍）、《白毛女》等。

認識革命過程和當前現實的聯繫，從那些可歌可泣的鬥爭的感召中獲得對社會主義建設的更大信心和熱情。』〔註15〕這種文藝社會功能的指認被文學史家概括爲，「對歷史『本質』的規範化敘述，爲新的社會的眞理性作出證明，以具象的形式，推動對歷史的既定敘述的合法化，也爲處於社會轉折期中的民眾，提供生活準則和思想依據……是這些文學生產指導者、作者和作品的「主要目的』」。〔註16〕而這種文學高度政治化的文化工程運作模式在革命美學高漲的「文革」時期達到高峰，文革主流文學憑藉「三突出」的美學原則，「用另一套表意符號滿足了意識形態對文藝的要求」，浩然的《金光大道》成爲革命激進美學塑造的新經典，成爲「無愧於我們偉大的國家、偉大的黨、偉大的人民、偉大的軍隊的社會主義革命新文藝」〔註17〕的代表。

　　實際上，以《金光大道》《我們這一代》爲代表的「文化大革命時期的文學並不是突如其來的，它是五十年代激進文學興起後合乎邏輯的發展。」〔註18〕50 到 70 年代的文學，是「五四」以後的新文學逐漸發展到左翼文學主導地位全面實現的過程，「『左翼文學』經由 40 年代解放區文學的『改造』，它的文學形態和相應的文學規範，在 50 至 70 年代，憑藉其影響力，也憑藉政治的力量而『體制化』，成爲唯一可以合法存在的形態和規範。」〔註19〕在不可阻擋的極端「革命化」潮流中，文革極左政治一手打造的主流經典不可避免地成爲意識形態與文學曖昧糾纏、交相作用的產物，甚至成爲極左意識形態進行主流話語生產的一種必要手段。1962 年毛澤東在複雜的國內外政治背景下提出「千萬不要忘記階級鬥爭」的口號，在極左語境中這樣的口號毫無疑問涉及到對國內文學藝術的基本評價和估計。同年李建彤的長篇小說《劉志丹》被以「抓意識形態領域的積極鬥爭」爲名打成「爲高崗翻案的反黨大毒草」，並且被毛澤東斷定爲「利用小說反黨是一大發明。凡是要推翻一個政權，總要先造成輿論，總要先做意識形態方面的工作。革命的階級是這樣，反革命的階級也是這樣」。在這樣的形勢下，「文學創作、文學問題與

〔註15〕邵荃麟，「文學十年歷程」，《文學十年》，北京，作家出版社，1960 年版，第37 頁。

〔註16〕洪子誠，《中國當代文學史》北京，北京大學出版社，1999 年版，第 107 頁。

〔註17〕江青，「部隊文藝工作座談會紀要」轉引自謝晃、洪子誠主編《中國當代文學史料選 1948～1975》，北京，北京大學出版社，1995 年版，629 頁。

〔註18〕孟繁華、程光煒，《中國當代文學發展史》，北京，高教出版社，2004 年版，131 頁。

〔註19〕洪子誠，《中國當代文學史》，北京，北京大學出版社，1999 年版，184 頁。

政治問題、政治活動之間的界限在『文革』期間已經難以分清」〔註 20〕，文學被主流政治賦予了意識形態層面正反兩個向度的深刻內涵，同時又被人為地置於複雜的政治文化前臺和鬥爭的中心。在此後的兩年中，毛澤東分別作出兩個重要批示：

　　「各種文藝形式——戲劇、曲藝、音樂、美術、舞蹈、電影、詩和文學等等，問題不少，人數很多，社會主義改造在許多部門中，至今收效甚微。許多部門至今還是『死人』統治著。不能低估電影、新詩、民歌、美術、小說的成績，但其中問題不少。至於戲劇等部門，問題就更大了。社會主義經濟基礎已經改變了，為這個基礎服務的上層建築之一的藝術部門，至今還是大問題。這需要從調查研究入手，認真地抓起來。許多共產黨人熱心提倡封建主義和資本主義的藝術，卻不熱心提倡社會主義藝術，豈非咄咄怪事。」（毛澤東《關於上海故事會活動的情況匯報》的批示）

　　「這些協會和他們所掌握的刊物的大多數（據說有少數幾個好的），十五年來基本是不執行黨的政策，做官當老爺，不去接近工農兵，不去反映社會主義的革命和建設。最近幾年，竟然跌到了修正主義的邊緣。如不認真改造，勢必在將來的某一天，要變成匈牙利裴多菲俱樂部那樣的團體。」（毛澤東在《中央宣傳部關於全國文聯和所屬各協會整風情況報告》草稿上的批示）〔註21〕

這樣兩個批示顯示出當時主流文化對文學界創作問題、作品評價問題的某些不滿，同時給出了新的評價成規以及進行大批判的政治依據。在「文化大革命」的文藝綱領《部隊文藝工作座談會紀要》中，用「文藝界在建國以來被一條與毛澤東思想相對立的反黨反社會主義的黑線專了政，這條黑線就是資產階級的文藝思想、現代修正主義的文藝思想和所謂三十年代文藝的結合」的政治性表述方式系統地清算了十六年文學藝術存在的問題，認為「文化戰線上存在著尖銳的階級鬥爭」，將五、六十年代有爭議的文藝思想統一命名為「資產階級現代修正主義文藝思想逆流」，從而引申出發動「文化大革命」的合法性：

〔註20〕洪子誠，《中國當代文學史》，北京，北京大學出版社，1999 年版，184 頁。
〔註21〕謝冕、洪子誠主編，《中國當代文學史料選 1948～1975》，北京，北京大學出版社，1995 年版，599～600 頁。

「十六年來，文藝戰線上存在著尖銳的階級鬥爭，誰戰勝誰的
問題還沒有解決。文藝這個陣地，無產階級不去佔領，資產階級就
必然去佔領，鬥爭是不可避免的。這是在意識形態領域裏極爲廣泛
的、深刻的社會主義革命，搞不好就會出修正主義。我們必須高舉
毛澤東思想偉大紅旗，堅定不移地把這一場革命進行到底。」（林彪
《致中央軍委常委的信》）

在對「文化大革命」的「進行到底」的合法化過程中，《紀要》在全盤否定以
往文學藝術的基礎上，強調「要破除對所謂三十年代文藝的迷信」「要破除對
中外古典文學的迷信」，在全盤否定過去文學藝術的基礎上要去創造「開創人
類歷史新紀元的、最光輝燦爛的新文藝」，「要搞出好樣板」。而這樣的文學「樣
板」將具有如下藝術創作特徵：在具體的題材選擇上「要努力塑造工農兵的
英雄人物，這是社會主義文藝的根本任務。」；在藝術方法上「要採取革命的
現實主義與革命的浪漫主義相結合的方法。」爲了實現這一文化戰略目標，「重
新組織文藝隊伍」就成爲當務之急，而《紀要》對文學「樣板」的創作主體
也提出相應要求：「要長期深入生活，和工農兵相結合，提高階級覺悟，改造
思想，不爲名不爲利，全心全意爲人民服務。」在這種國家意識形態的強行
介入中，「政治觀念，政治意圖直接轉化爲藝術作品，即政治直接美學化」，
在「破除了文學生產、文學文本的獨立性和自足性，而將文學生產、傳播、
批評納入國家政治運作軌道上。」〔註22〕而在文化大革命爆發的標誌性文件
——毛澤東親自主持制定的《中國共產黨中央委員會通知》中明確表示，「文
化大革命」的目的在於「徹底揭露那批反黨反社會主義的所謂學術權威的資
產階級反動立場，徹底批判學術界、教育界、新聞界、文藝界、出版界的資
產階級反動思想，奪取在這些文化領域裏的領導權。而要做到這一點，必須
同時批判混進黨裏、政府裏、軍隊裏和文化領域的各界裏的資產階級代表人
物，清洗這些人，有些則要調動他們的職務。」這樣的目的顯示了文化大革
命是一場在文化領域內展開的政治運動，是國家高層政治生活的文學手段，
因此從這個意義上，浩然以及其他「文革」主流文學作者作爲建國後的工農
兵作者一躍而成爲「革命新文藝」的樣板，其文學文本在生產、發表、閱讀、
批評以及接受的過程中都被主流政治文化賦予了相應的特殊政治含義，也因
此具有文學文本和政治文本雙重特徵的特殊身份。

〔註22〕洪子誠，《中國當代文學史》北京，北京大學出版社，1999 年版。

　　「文革」結束後對文革主流文學進行的集中清算中，大量的文革主流文學被看做「文學／政治文本」，以「陰謀文藝」的名義涵蓋其在極左政治的運作模式下進行的文學生產、闡釋、評價乃至經典化過程。在人大複印資料 1978年所轉載的相應篇目中，我們可以梳理出在 70 年代末的政治轉型中得到徹底清算的「文革」小說有《我們這一代》、《戰地春秋》、《百花川》、《天安門廣場擒敵》等，而新時期語境對這些文本的定位顯示出「文學／政治」雙重文本在意識形態轉型期間處境的微妙：其中《我們這一代》被重新評價的基調是「是林彪四人幫一夥長期鼓吹的各種反動思潮的產物，是他們假左真右的反革命修正主義路線和反動思想體系的藝術表現。它的出版起到了直接配合四人幫推行反革命政治綱領，為四人幫及其幫派體系搞亂江蘇、搞亂全國、亂中奪權打造反革命輿論的作用。」〔註 23〕而且文革剛剛結束，當時關於四人幫「假左真右」的評價直接體現在對文本的重評中。新時期主流政治未對文化大革命作出歷史定論時，《我們這一代》這樣被重評：「通過描寫文化大革命初期一個農場裏的鬥爭，篡改、歪曲、文化大革命的性質、目的、方針和政策，顛倒敵我關係，混淆路線是非」，從而「配合了四人幫加緊篡黨奪權的反動作用，造成了惡劣的影響。」〔註 24〕而且，作者在對小說文本進行了政治層面上的定向讀解後，繼而針對小說的出版發行提出新的質疑：「為什麼出版社還要將按照林彪、四人幫反革命思想體系寫作的這部反動小說組織出版呢？根本原因是我們的一些同志中了林彪四人幫反革命思想體系的毒，而又中毒不知毒，對於小說中歪曲文化大革命的要害，不僅不能識別，還當作是歌頌文化大革命的作品，趕在文化大革命十週年之際，作為一份獻禮問世。因此確實存在一個站在什麼立場，用什麼觀點來編審這部小說的問題。」〔註 25〕這種對小說編審的「立場」、「觀點」的指責也暗示出彼時重新評價這部前主流作品所採用的「立場」、「觀點」的變化，完全是根據新時期政治對文革歷史定位的調整而做出反應。而浩然的《百花川》、《西沙兒女》受到批判的重要理由之一也是「適應四人幫的政治需要」「利用文藝反黨」〔註 26〕。

〔註 23〕 省委宣傳部大批判組，「反動小說『我們這一代』必須徹底批判」，《新華日報》，
　　　　 1978 年 7 月 13 日第 3 版。
〔註 24〕 江蘇人民出版社大批判組，「無產階級文化大革命不容歪曲——批判反動小說
　　　　 『我們這一代』」，《新華日報》，1978 年 7 月 12 日，第 3 版。
〔註 25〕 同上。
〔註 26〕 徐明壽，「滿天大火為那般——評『三把火』到『百花川』的奧妙」，《北京文
　　　　 藝》，1978 年，第七期。

　　儘管七、八十年代之交的意識形態轉型在一定程度上調整了「文革」時期激進美學高漲時期的文學生產、文學研究、文學評價和接受方式，但在上述文革主流文學的去經典化過程中，在五、六十年代形成的文學評價的根本出發點並沒有發生變化，毛澤東對《劉志丹》「利用小說反黨」的批評話語再次出現在文革主流文學的重評中。重評標本的政治屬性成為這一批作品在時代巨變的漩渦中沉浮的根本原因：作為「文學／政治文本」，「文革」期間它們進入極左政治的視野被納入到革命意識形態的主流話語生產體系中，從而獲得了出版、傳播、定向解讀以及經典化的機會。在「新時期政治「取代「文革」政治、現代化意識形態取代革命意識形態的後文革時期，這一批「文學／政治文本」的政治屬性成為新的主流政治文化合法化過程中的「靶子」，對其政治屬性的梳理、歸納、批判乃至全面否定成為新時期主流政治合法化的浩大工程中的文學部分，是與新時期政治對「文革」政治的全面否定相伴始終一同展開的。

　　「在中國，現代經典的討論或許可以說是開始於 1919 年而在 1949、1966、1978 這些和政治路線變化密切相關的年份裏獲得新的動力」，〔註 27〕政治路線的變化讓文革主流經典的重評獲得了巨大的動力，「文學／政治文本」成為重評標本接受整個轉型文化的檢閱，通過對文本政治屬性的論說完成文學領域內的意識形態較量，從而讓現代經典重評具備更重要的現實意義。這也使得兼具文學與政治雙重身份特徵的文革前主流經典成為重要的重評標本，在它們遭遇「去經典化」的整個過程中，傳遞出批判文革極左政治的意識形態訴求，同時昭示出由「文革」到新時期經典命運變遷背後文學場的延續性。這一切正如邁斯納所預言的：「偉大的英國歷史學家 E・H・卡爾在完成其不朽的多卷本《蘇聯史》時曾經告誡說『危險不在於我們避而不談十月革命史實上的巨大污點、那場革命是人類付出的痛苦代價、以那場革命的名義犯下的罪行。危險在於我們總想全部忘記並且在緘默中忽視那場革命的巨大成就。卡爾的話適用於俄國，也同樣適用於中國。不幸的是，人們不容易對革命作出公正的評價。社會大變動總會激起人們對未來的、偉大然而達不到的期望，一旦希望破滅，長期的幻滅感和憤世嫉俗的態度便必然接踵而來，而實際的歷史成就卻被抹煞或被遺忘了。」〔註 28〕重評《金光大道》一類的文革主流

〔註27〕福克馬、蟻布思，《文學研究與文化參與》，北京，北京大學出版社，1996 年版，第 45 頁。

〔註28〕〔美〕莫里斯・梅斯納，張英等譯《毛澤東的中國及其發展——中華人民共和國史》，中國社會科學文獻出版社，1992 年版，第 489 頁。

文學就是在這一種整個社會在「幻滅感」和「憤世嫉俗」中切除「文革」這樣一個歷史毒瘤的外科手術中連帶剔除一個個小「組織」而已。

2.2　重評的歷史根據

「經典本身意味著一種穩定的秩序，某些作品被合法化地接受，並奉為價值的尺度，在背後自然還有一套複雜的控制體系和權力關係。在社會思潮、文化秩序發生變動的時期，『經典』秩序本身也在改寫中。」〔註29〕從延安時代開始，現代政治對文學藝術的功利主義的重視和利用就已經成為當代中國文學生產和知識生產的一個基本前提。在毛澤東《在延安文藝座談會上的講話》中，主流政治強調「世上沒有什麼超功利主義，在階級社會裏，不是這一階級的功利主義就是那一階級的功利主義。我們是無產階級的革命功利主義者，我們是以全人口百分之九十以上的最廣大群眾的目前利益和將來利益的統一為出發點的，所以我們是以最廣和最遠為目標的革命功利主義者，而不是只看到局部和狹隘的功利主義者。」〔註30〕正是在「最廣和最遠的人民利益」的考量下，新時期的浩然重評也不可避免地在革命功利主義框架下進行。作為當代文學歷史上一位頗受矚目的作家，浩然以《喜鵲登枝》叩開文壇，憑藉新鮮濃鬱的生活氣息和純正和諧的鄉土詩意引起了文藝界的注意。在寫出「反映農業社會主義改造全過程的『農村史詩』式的小說」的強烈衝動下完成的《豔陽天》，是最能體現其創作風格和藝術成就的代表作，這部長達 120 萬字的巨著在 1966 年 5 月出齊，其最終完成和出版恰逢「文化大革命」的發動，因而被認作「十七年文學的幕終之曲」〔註31〕。在粉碎「四人幫」之後的兩年裏，撥亂反正成為國家政治文化語境中的關鍵詞，新時期政治借助於批判和清除各種」文革」流毒，正本清源，有效顛覆了「文革」時期的極左政治形態，「把一切被顛倒過去的重新顛倒過來」的表達語式一再被文學界提及，這種背景下的經典秩序遭遇多重話語力量的作用而被改寫，浩然作為文革主流文化塑

〔註29〕 溫儒敏，《中國現當代文學學科概要》，北京，北京大學出版社，2005 年版，128 頁。

〔註30〕 胡采主編《中國解放區文學書系：文學運動理論卷》，重慶，重慶出版社，1992 年版，913 頁。

〔註31〕 此時評論界的評價是「比較深刻地反映了社會主義革命和社會主義建設時期，農村中尖銳複雜的階級鬥爭」「很有現實意義和教育意義」之類的肯定性意見。

造的現代經典在這樣一種「結構性裂隙」〔註32〕中受到新的評價，這種重評恰好是文學歷史書寫的撥亂反正與社會政治的撥亂反正潮流相應和的產物。

　　新時期對文革主流文學的重評是以聲勢浩大的「重讀」為先聲的。重讀作為重新閱讀曾經讀過的作品，是讀者和作者以文本為中介進行的重複性的雙向交流過程，具有「重新讀」和「重複讀」兩種完全不同的意味。就新時期文學研究、批評而言，這種重讀顯示出重新讀的明確意向，是「讀者意識到文本對『自我』的挑戰，意識到對文本實行『再生產』的可能性，意識到從同一故事中產生無窮無盡的故事的誘惑，而不是從一個文本中理解到的僅僅我們以前已理解的東西，一個定式，一個已研讀過的固定本」〔註33〕，而當時對文革主流文學的重讀則帶有新時期特殊語境的明顯痕跡。

　　「新時期」作為文學界一個特定概念，這種「新」主要強調了與「文革」的明顯差異，而且這種與經濟政治社會文化轉型相伴的「新」是以否定「文革」並且重新啟用五六十年代的文藝政策和文藝路線為前提的。1978 年六月《人民日報》發表文化部理論組撰寫的文章《調整黨的文藝政策》，表明了新時期主流意識形態對文藝政策的立場：「調整就是整頓，就是撥亂反正，調整黨的文藝政策就是徹底批判四人幫假左真右的反革命修正主義文藝路線。堅決執行毛主席的革命文藝路線，就是要徹底批判四人幫的陰謀文藝，堅決貫徹執行文藝為工農兵服務，為社會主義服務的方向，要徹底肅清四人幫的法西斯文化專制主義的流毒，堅決貫徹執行毛主席的百花齊放、百家爭鳴以及古為今用、洋為中用的方針，就是要徹底清除四人幫的反動文藝政策的一切遺毒。」〔註34〕主流政治在表達對劫後重生的文藝界信任與期待時，也格外指出「文藝界當前和今後一個時期的頭等大事，仍然是高舉毛主席的偉大旗幟，把揭批四人幫的鬥爭進行到底。在鬥爭中全面貫徹執行毛主席的革命文藝路線，貫徹執行文藝為工農兵服務，為無產階級政治服務的方向」。〔註35〕

〔註32〕戴錦華，《隱形書寫──90 年代中國文化研究》，南京，江蘇人民出版社，1999
　　　　年版，第 44 頁。結構性裂隙即指「政權的延續，意識形態的斷裂與社會體制
　　　　的變遷中」。
〔註33〕黃子平，「語言洪水中的壩與碑──重讀『小鮑莊』」載王曉明主編《二十世
　　　　紀中國文學史論》（三）上海，東方出版中心，1997 年版，286 頁。
〔註34〕「調整黨的文藝政策」《人民日報》，1978 年，6 月 13 日。
〔註35〕黃鎮，「黃鎮在中國文學藝術界聯合會第三屆全國委員會的三次擴大會議上的
　　　　講話」，《文藝報》，1978 年第一期。

粉碎「四人幫」之初，主流意識形態尚未給文藝界提供清晰明確的文藝政策，剛剛開始復蘇的文藝界未能醞釀出新時期的文學成規，因此文藝界以主流政治的權威話語作爲文學批評的準繩應該算是所能找到的相對穩妥的批評方式，於是重評也由於「知識界其實一直沒有找到屬於『自己』的表達方式，而主要體現爲對主流意識形態話語的重複、求證和闡釋上」。〔註36〕

首先被重評的是浩然和他的幾部代表作，1977 年 11 月集中刊發於《廣州文藝》的一組文章最早開始重評浩然，隨後《解放軍報》、《上海文藝》、《北京日報》皆有重讀文章出現。浩然在「文革」後期創作的《西沙兒女》、《百花川》作爲重讀的重點，也成爲重新評價作家的重要依據。在《漫天大火爲哪般——評〈三把火〉到〈百花川〉的奧妙》中，作者首先對「四人幫」的文藝政策進行了描述：「四人幫爲了加快實現其篡黨奪權的黃粱美夢，向無產階級猖狂進攻，叛徒江青赤膊上陣，公然打出了所謂『宋江架空晁蓋』的杏黃旗，聲嘶力竭地鼓譟大批所謂投降派，惡毒攻擊中央領導同志」「在文藝領域，他們瘋狂地推行這個反革命綱領，竭力煽動寫與走資派做鬥爭的作品，大搞陰謀文藝，千方百計利用文藝進行反黨活動。」而《三把火》〔註37〕「就是在這樣的政治氣候下，適應四人幫的政治需要炮製出來的」〔註38〕。在對小說的創作背景進行泛政治化的概括之餘，重評文章著力挖掘小說主人公的深層形象內涵，楊國珍「正是四人幫所需要的反潮流的英雄」「按照四人幫的政治需要和理想，用三突出的創作模式捏造出來的幫英雄。她是一個放火燒荒的急先鋒，是現實生活中的周森鶴、張鐵生，銀幕上的田春苗、周長林一類的政治扒手，反革命小丑。」「她所燃起的滿天大火哪裏是爲了改變百花川的面貌，純然要燒出一個四人幫的新天朝。在那 1976 年的極不平凡的日子裏，四人幫爲篡黨奪權加緊製造反革命輿論，他們瘋狂地叫喊要改朝換代，從上到下來個大換班，以建立他們獨霸的『幫天下』。楊國珍這一形象的捏造，難道不正是四人幫鼓吹的『總把新桃換舊符，一代新人攆舊人』的政治陰謀圖解嗎？」而浩然創作於 1974 年的長篇小

〔註36〕程光煒，「一個被重構的「西方」——從『現代西方學術文庫』看八十年代的知識範式」，《當代文壇》，2007 年第二期。

〔註37〕浩然創作與 1975 年的中篇小說，後更名爲《百花川》)《百花川》是一部「反映農業學大寨，普及大寨縣」的中篇小說。共背景是，一九七五年第一次全國農業學大寨會議後的北京郊區的一個小村子。

〔註38〕徐明壽，「漫天大火爲哪般——評『三把火』到『百花川』的奧妙」，《北京文藝》，1978 年第七期。

說《西沙兒女》同樣成爲重評的焦點：「《西沙兒女》是一部按照叛徒江青的黑旨意炮製出來的毒草小說。它歪曲和篡改了西沙軍民的鬥爭生活，美化吹捧江青，爲四人幫篡黨奪權的陰謀活動製造反動輿論」〔註39〕。

　　這種批評方式也顯示在另一部重要作品長篇小說《前夕》的重評中。在《「兩個估計」拙劣圖解——重評長篇小說〈前夕〉》中，作者指出「小說宣揚的是，考大學＝修正主義，不考大學＝馬列主義；學文化科學＝資產階級，不學文化科學＝無產階級。這就赤裸裸暴露了《前夕》極爲錯誤，極爲有害的主題思想，這就是根本否定了社會主義高等教育的必要性，根本否定青年應該走又紅又專的道路，根本否定建設社會主義需要現代科學文化。而這個主題，正是與『四人幫』所鼓吹的『寧要一個沒有文化的勞動者』的反動理論，不謀而合。」〔註40〕在上述重評中，我們不難發現「江青」「四人幫」「反革命」「篡黨奪權」「政治陰謀」等「文革」後政治生活中的核心語彙的重要意義，原本國家主流政治撥亂反正過程中擇持的意識形態話語，在此迅速演變爲文學批評的重要切口，而對作家和作品藝術層面的分析把握被置換成尋找爲進行作品政治定性的合法依據。當「四人幫」已經作爲撥亂反正的逆流，受到新時期主流文化「禍國殃民」「反黨」的判決，喪失了國家政治生活中的合法性，重讀者在重新審視文本的過程中，從作家的寫作意圖入手對文本與「文革」主流文藝政策之間關係的深入挖掘，甚至在作家的創作與被定性爲「亂」的前政治人物之間努力推導出直接因果聯繫，從而凸顯作家的政治身份的可疑，這種重評方式顯示出重讀者在重評文革主流文學時努力將文學政治化的極端做法，而這種重評作家的方式與撥亂反正的主流政治之間也呈現出良好的互動。羅蘭·巴特在描述斯大林實行的政治式寫作時強調：「在斯大林世界中，區分善與惡的定義一直支配著一切語言，沒有任何字詞是不具備價值的，寫作最終具有縮減某一過程的功能。再命名與判斷之間，不再有任何延擱，於是語言的封閉型趨於極端，最終一種價值被表現出來以作爲另一種價值的說明……」如果上述作家的「文革」文學創作是這種「典型的斯大林型的政治式」的寫作，那麼「文革」後，與政治上揭批四人幫的全國性群眾運動一同展開的浩然重評，所採用的批評話語和重評標準，也同樣是「不折不扣的套套邏輯，是斯大林式寫作中常用的方法。實際上

〔註39〕　李德君，「危險的道路　嚴重的教訓——評『西沙兒女』作者的變化」，《北京文藝》，1978 年第十期。

〔註40〕　陳文錦，「『兩個估計』拙劣圖解——重評長篇小說『前夕』」，《杭州文藝》，1978 年 9 期。

這種寫作不再著眼於提出一種馬克思主義的事實說明或一種革命的行為理由，而是以其被評判的形式來表達一種事實，這就是強加於讀者的一種譴責性的直接讀解」〔註41〕，因此新時期浩然重評已經成為新時期主流政治話語生產的一部分，是揭批「四人幫」的政治行為的「文學化」。

而這種貼標籤式的政治性讀解幾乎是重讀者們的常規做法，而「再接再厲，徹底粉碎四人幫幫派體系，不留後患，凡是四人幫陰謀活動與牽連的人必須迅速查清〔註42〕」的政治話語也成為共同的評價標準，重讀者不斷尋找文本中作家與「四人幫」之間存在牽連的蛛絲馬蹟，從而支持其對作家政治身份進行指認的某種想像。在《評浩然的〈百花川〉》中，作者指出「浩然不惜調動一切藝術手段把楊國珍吹得天花亂墜。她有高度的路線鬥爭覺悟，對常自得恨之入骨，對常自得鬥爭堅決徹底；她有高超的領導水平，指揮有方，分工有序，連愛講老理的劉貴安也佩服得五體投地；她有英明的鬥爭策略，無師自通，料事如神，天馬行空，獨往獨來，不用支部的領導，一殺一個準。總之，在浩然的筆下，楊國珍神通廣大，簡直是一個了不起的『蓋世英雄』。人們不禁要問：浩然為什麼給楊國珍如此貼金抹粉？當然是為了巧妙地宣揚『四人幫』的修正主義路線。但是，應當看到，捨此之外，還有一個更陰險的『潛流』：為江青當『女皇』抬轎子吹喇叭。楊國珍同江青雖然年齡地位都不相同，但楊國珍身上卻飄蕩著江青之靈。眾所周知，江青有一首黑詩『江上有奇峰，鎖在煙霧中，尋常看不見，偶而露崢嶸。』而楊國珍的行動正是這首黑詩的圖解。」這種直接將作品中的形象與已經遭到否定的政治人物掛鉤的做法顯示出重讀者始終堅持的政治標準，浩然首先是作為一個與「四人幫陰謀文藝」有牽連的「準幫派分子」受到主流政治的質疑；其次，才是努力挖掘他的作品為這種質疑提供的哪些佐證。

浩然重評是與1978年前後對文革極左政治的批判一同展開的，作為揭批「四人幫」的根本任務下啟動的文化工程，浩然的去經典化、矮化顯示出把「『四人幫』顛倒過去的路線是非、思想是非、理論是非顛倒過來」的時代主題，是國家意識形態領域的撥亂反正運用的文學手段，新時期政治合法化進程中的一個文學圖示。

〔註41〕 李幼蒸編譯，《寫作的零度：結構主義文學理論文選》臺北，久大桂冠圖書公司，1991年版，91頁。

〔註42〕 《人民日報》《紅旗》雜誌《解放軍報》社論，「把揭批四人幫的偉大斗爭進行到底」，《人民日報》，1977年10月6日。

第 3 章 「浩然重評」與新時期文學規劃

　　「新時期文學」是當代文學一個重要的文學史概念，一方面它涵蓋了 1978 年十一屆三中全會召開後的整個歷史階段，另一方面也足以表明這一階段「文學性質、任務、審美選擇的根本特徵」〔註1〕，在八十年代的各種文學史論述中，更是以一種對十七年文學和文革文學的「清算、反撥、矯正和超越」的文學姿態獲得了文學史家對其「歷史進步型」的肯定。考察新時期文學的發生，其伊始就有計劃進行的文學重評是個無法迴避的重要現象。後者不僅顯示新時期文學建構規劃中對歷史遺留問題的態度立場以及處理意見，從而在重評中有效梳理出新時期文學的合法資源，同時圍繞「重評」展開的選擇、定位、評價方式、標準所生發出來的一系列文學活動同樣成為新時期文學的重要組成。在新時期文學這樣一個複雜主體的建構中，文學重評正是以一種「文革與新時期」「文學與政治」糾葛纏繞的曖昧形象參與了這一「構建理想文化自我的過程。」〔註2〕因此，「文學重評」中，重評者的評價方式與新時期社會文化語境在哪些層面上的契合使之順利展開？文學重評中的微妙症候又怎樣在新時期文化場域中與新時期文學互相作用從而影響其格局？考察新時期文學的發生，「浩然重評」為我們重返七、八十年代之交的歷史現場搭就一道浮橋。

〔註1〕 程光煒，「怎樣對新時期文學作歷史定位」，《當代作家評論》，2005 年第三期。

〔註2〕 韋努蒂，轉引自陳永國主編《翻譯與後現代性》，北京，中國人民大學出版社，2005 年版，13 頁。

3.1 「浩然重評」與新時期的文學格局

　　新時期之初，「實踐是檢驗眞理的唯一標準」討論展開後，「思想解放」的氣氛已經在全國蔓延，但作爲「重災區」之一的文學藝術界還舉步維艱，此時的重評大多是在批判「文藝黑線專政論」的基礎上對作家作品的撥亂反正、落實政策，是否定「文革」、揭批「四人幫」的社會系統工程中的文學組成。曠新年曾指出，「文化大革命構成了整個『新時期文學』寫作的傳統和背景。」在這種徹底否定文革的政治前提下，重評在顛覆瓦解文革敘述模式的同時，也在不斷試探粉碎「中心—邊緣」「主流—逆流」的文學等級體系，試圖醞釀一種新的話語機制和表達方式，以經典再評價的方式參與新時期文學的整體規劃。佛馬克和蟻布思說：「成規預設了一種對他行爲的期待相同的人，因此，一種成規是一個明確的或彼此心照不宣的協議，因爲每個或幾乎每個人都知道被期待的是什麼。」〔註3〕而在經典重評中就顯示出主流文化在規劃新時期文學整體格局時預設的成規。

　　新時期政治在對文革極左政治的「重評」中，將其「他者化」，呈現出與文革前歷史的連續性；新時期文學同樣需要在重評中，將文革主流文學排除在左翼文學整體格局之外，通過對左翼文學體系的精簡，實現新時期文學與十七年文學、三十年代左翼文學的合流，從而通過壓抑文革文學提升現代文學的方式來規劃新時期文學的整體走向，實現其「爲社會主義服務」的社會功能。重評作爲文革極左政治與新時期政治、文學與意識形態、傳統與現代、歷史與今天各種話語力量博弈交鋒的特殊場域，暗示著新時期文學「實際上隱含著特殊的界限和排他性」，在給現代文學落實政策的過程中爲八十年代文學史嬗變謹愼鋪墊，也透露出新時期文學在「建構自己的主體性」時所「不能不壓抑著」的「那些異物——那些意識形態和知識分子的自我想像中所要排斥的部分。」〔註4〕在這種情況下，1979 年在北京召開的第四次文代會對重評的意義就格外重大，因爲它「確立新時期文藝工作的方針，調整文藝政策，同各種錯誤傾向和思潮進行有力鬥爭，完成新時期革命現實主義文學思潮發展的重要歷史轉折」，〔註5〕並且「宣告林彪四人幫在文藝路線上所推行的極

〔註3〕〔荷蘭〕佛克馬、蟻布思，《文學研究與文化參與》，北京，北京大學出版社，1996 年版，，第 122 頁。

〔註4〕李楊，「重返『新時期文學』的意義」，《文藝研究》，2005 年第一期。

〔註5〕朱寨主編，《中國當代文學思潮史》，北京，人民文學出版社，1987 年版，第 562 頁。

左路線和陰謀文藝已經永遠結束，社會主義文藝的歷史翻開了新的一頁。」（茅盾，文聯四代會的開幕詞）這次大會最重要的成果是鄧小平在開幕式上的發言——《在中國文學藝術工作者第四次代表大會上的祝辭》，它被認為是「具有綱領性質，是這次大會具有里程碑意義的主要標誌。」在國家政治由極左政治形態向現代化政治形態過渡的 1979 年，鄧小平在《祝辭》中否定「文藝黑線」，肯定文革前三十年的文學成就，不僅為主流文學界肅清長期「左傾」的餘毒提供了政治支持，也對過去年文學成就給予了認可。並且，《祝辭》對文藝與政治的關係的描述也一改毛澤東時代的話語方式，進行了巧妙的「淡化」：「黨對文藝工作的領導，不是發號施令，不是要求文學藝術從屬於臨時的具體直接的政治任務，而是根據文學藝術的特點和發展規律，幫助文藝工作者獲得條件來不斷繁榮文學藝術事業，提高文學藝術水平，創作出無愧於我國偉大人民、偉大時代的優秀文學藝術作品和表演藝術。」1979 年，周揚在第四次文代會的報告中又指出：「文藝反映生活的真實，就應當適合一個歷史階段的政治的需要。在今天來說，就是社會主義現代化建設的需要。」所以，「不應該把文藝和政治的關係狹隘地理解為僅僅是要求文藝作品配合當時當地的某項具體政策和某項具體政治任務。政治不能代替藝術，政治不等於藝術。」〔註 6〕這是周揚在「文革」過後對文藝與政治關係的新見解，也是他在八十年代語境中對毛澤東《在延安文藝座談會上的講話》的重讀。這些主流政治的權威表述對建國以來極左文藝路線下的僵化態度和強勢口吻進行了妥協式溫情化的處理，顯示出希望調整與文藝家一直以來的緊張關係，「團結一致向前看」的願望。因此敏感的「文藝從屬於政治」的觀點被置換為「文藝為人民服務」，「人民」作為文藝新的目標成為這種觀念轉型的核心，充當寬容、溫情、理解與緊張不安兩種關係狀態的過渡橋樑，而且這無疑同樣是文藝政策「撥亂反正」的一個實例。

　　但是，如果將鄧小平和周揚這兩份權威表述放在八十年代語境中考察，就會發現歷史現場的微妙複雜。《祝辭》的重點是「撥亂」，在給「新時期文學」予以「準入」的同時也設置了一些界限，對「新時期」文學進行了有利於「自身利益」的「規劃」。這種規劃涉及諸多層面，其中關於評價文學的具體標準和文學的功能，得到了新時期主流文化的重視，成為「合法性」的核心指向：

〔註 6〕周揚，「繼往開來，繁榮社會主義新時期的文藝——在中國文學藝術工作者第四次代表大會上的報告」，《人民日報》，1979 年 11 月 20 日。

　　　　「對實現四個現代化是有利還是有害，應當成為衡量一切工作的最根本的是非標準。文藝工作者，要同教育工作者、理論工作者……相互合作，在意識形態領域，同各種妨害四個現代化的思想習慣進行長期的、有效的鬥爭。」「我們的文藝，應當在描寫和培養社會主義新人方面付出更大的努力，取得更豐碩的成果。……要通過這些新人形象，來激發廣大群眾的社會主義積極性，推動他們從事四個現代化建設的歷史性創造活動。」

這兩段話一旦和毛澤東的《講話》比較來看，就會發現其中的微妙聯繫：雖然用「四個現代化」標準替換了「政治標準」，用「社會主義新人」替換了「工人、農民、戰士」，用「為現代化建設服務」替換了「為工農兵服務」，但這兩個之間相隔三十年的文本關於文學功能性質的理解是完全一致的。新時期文化沿襲了《講話》以來對國家主體的強調，努力設計一個新時期的「國家文學」，這種「國家文學」的重心並非「文學」，而是「國家」和「社會主義」，只有與社會主義初級階段努力實現現代化宏偉目標的「社會主義國家」的思想、政治、禁忌保持一致，才可能得到其最終認可。實際上，「文學藝術作為意識形態一個非常複雜的領域」，（周揚語）主流政治對它的干預、制約、控制和影響在這一份號召「全國文藝工作者團結起來」「用最大的努力，繁榮社會主義文藝創作，提高表演藝術水平，以豐富人民群眾的文化生活，提高人民的精神境界，培養社會主義新人，鼓舞人民為建設現代化的社會主義強國而奮鬥」的祝詞中就可見端倪，周揚在高度評價「左翼文化的傳統是寶貴的」「它堅持黨的領導，堅持社會主義道路，對無產階級革命事業堅定不移，對人民赤膽忠心」之後，發出的號召與新時期政治對新時期文學格局的構想是完全吻合的：「我們一定要繼承左翼文化的戰鬥傳統，並加以發揚光大，在社會主義新時期，使社會主義文藝獲得新的更大的成就。」〔註7〕

　　　　新時期政治對於新社會主義文學的規劃是在兩個向度上同時展開的：對舊的社會主義文學的批判和新時期主流文學的醞釀，這樣兩種文學行為同時進行顯示出國家政治在勾勒新時期文學的整體格局時意識到「他者」存在的必要性。這一情形恰如竹內好所提醒的：「今天的文學是建立在這些過去的遺產之上的，這個事實是無法否定的，但是與此同時，在某種意義上也可以說，

〔註7〕周揚，「繼承和發揚左翼文化運動的革命傳統」，《人民日報》，1980年4月2日。

對這些遺產的拒絕構成了今日的文學的起點。」〔註8〕實際上，周揚在第四次文代會上對於《講話》的修正顯示出新時期文學對十七年乃至「文革」文學遺產的明顯拒絕，很大程度上是響應和配合「新時期敘述」的歷史策略進行的。「在這種策略中，『新時期』被認爲是反思、糾正『極左路線』而將這個國家推進到『改革開放』階段的一種必然性結果，因此，它的歷史功績「不但突破了『四人幫』，也突破了十七年」。在這條具有強烈進化論色彩的歷史線索中，『新時期敘述』被賦予了超越『四人幫』和十七年的特殊使命，而『四人幫』敘述的被否定，十七年敘述的被收縮，則是『新時期敘述』得以獲得『正確性』的一個必不可少的前提。」〔註9〕這種背景成爲 1979 年文學史書寫的重要前提。

　　「在一般人看來，大學只是對人實施教育並獲得文憑的教育機構，但事實上，它其實是掌握知識並加以再生產傳播的中心。就文學教育而言，它對文學創作所承擔的，則是評論、講授、組織文學史生產並將有關作家、作品經典化的一整套完整的程序。」〔註10〕在七十年代末中文系的專業重建中，新編寫的當代文學教科書將新時期主流文學對文革文學重評和壓抑進行了集中展示，有效地顛覆了以浩然爲代表的「文革」極左政治建構的經典體系，體現了新時期政治領袖在文代會《祝辭》中寄予的「撥亂」的全部內涵。在《中國當代文學史初稿》中，編者指出浩然「總的來說，這並不能掩蓋它那用時興的理論概念去圖解生活的、不可彌補的缺陷，因而在出版後，讀者的反應是冷淡的。一九七四年，作者還趕寫了適應江青一夥政治需要的中篇小說《西沙兒女》，其內容的空洞和藝術的貧乏，那就更不待說了。此外作者還在這個時期寫了一些短篇小說和談創作心得體會的文章，也都大多打上了四人幫思想影響的印痕。這說明，即使像浩然這樣較有才能的作者，如果脫離了正確的思想和理論的指導，在藝術上也會陷入貧乏和陋弱的境地，這對一切從事文藝工作的人來說，都是一個沉痛的教訓。」〔註11〕文學史作爲「批評的集大成者」，顯示出新時期文學對浩然的整體評價以及新時期文學在規

〔註8〕竹內好，「何爲近代」，李冬木、趙京華、孫歌譯《近代的超克》，北京，三聯書店，2005 年版，第 183 頁。

〔註9〕程光煒，「四次文代會與 1979 年的多重接受」，目前未刊。

〔註10〕程光煒，《文學中的歷史》，開封，河南大學出版社，2006 年版，第 69 頁。

〔註11〕郭志剛主編，《中國當代文學史初稿》，北京，人民文學出版社，1981 年版，第 193 頁。

劃自身過程中對浩然的態度：既然新時期政治依靠對「文革」歷史的排斥實現自身的合法化，那麼新時期文學也是在拒絕與「文革」歷史關係曖昧的浩然中完成自我形象的確立。

新時期文學在規劃整體格局的過程中，以浩然為代表的一批文革作者被重評，而文革主流文學崩潰後留下的真空，卻需要新的經典填補。新時期文壇不但急需新的經典去重建新時期文學自我形象，也要依靠具體的作品來實現主流政治的文化意圖：激發廣大群眾的社會主義積極性，推動他們從事四個現代化建設的歷史性創造活動，所以新時期的文學生產仍然在《講話》已經規劃好的軌道上繼續參與國家主流話語的生產和傳播。佛克馬認為「經典一直都是解決問題的一門工具，它提供了一個引發可能的問題和可能的答案的發源地。」在這種社會文化轉型形成的「斷裂帶」上，新時期政治在與文革極左政治的斷裂中尋求自身的合法性，新時期的文學體制依然延續了建國後的作用方式，覆蓋了新時期文學的發生和發展。「一方面是在思想傾向和藝術表現方式上合乎文學體制的『期待、希望』的文學寫作必然會受到後者的『激勵和歡迎』，同時與此相反的文學寫作則將會受到後者的『排斥』『規約』」，〔註12〕這種現象證明了新時期文學體制中話語激勵機制的強大規約功能，與文革主流文學生產方式手段大體相同的新時期文學主流敘述首先擔負起將「文革」他者化的任務（這是新時期政治文學化的表現之一），還要為整個社會提供一個讓主流政治和大眾都能認可的「答案」。《班主任》、《傷痕》、《晚霞消失的時候》等傷痕文學代表作紛紛出爐，並且在報刊、電臺、評獎的推波助瀾下成功扮演了「四人幫」倒行逆施製造的人間悲劇的文學標本，成為新時期文學塑造的第一批經典。胡喬木在對八十年代初期的文學進行歷史定位時，著重從歷史層面尋找「傷痕」「反思」小說的合法性，「我們現在的文藝和文化，像再生的鳳凰一樣，從根本上說，仍然是三十年代的文藝和文化運動的延續，我們的文化仍然是左翼的文化。」〔註13〕傷痕文學在左翼文化範式下得到認可、歡迎並被經典化，這一點可以從這一時期全國優秀小說獎獲獎篇目得統計數字中得到驗證：

全國優秀短篇小說獎獲獎篇目統計：

〔註12〕參見菲舍爾‧科勒克，「文學社會學」，張英進、于沛編《現當代西方文藝社會學探索》，福州，海峽文藝出版社，1987年版，第38頁。
〔註13〕胡喬木，《胡喬木文集》，第三卷，北京，人民出版社，1993年版，第92頁。

	1978	1979	1980	1981
傷痕，反思篇目	18	18	19	8
獲獎小說總篇目	25	25	30	20
傷痕，反思比例	72%	72%	63%	40%

全國優秀中篇小說獎獲獎篇目統計：

	1977～1980	1981～1982	1983～1984
傷痕、反思小說篇數	12	7	6
獲獎小說總篇數	15	20	20
傷痕、反思所佔比例	80%	35%	30%

這些數字顯示出在新時期文化場域內，文學體制對傷痕文學、反思文學的期待和歡迎。傷痕文學依靠對「文革」極左政治的控訴受到了新時期政治的肯定，被重新納入到左翼文學體系之下呈現出主流政治對於文學社會功能的設想。而浩然等人在重評中被堅決地剝離出左翼文學，這種重評體現出新時期文學避開文革主流文學努力與三十年代左翼文學有效銜接的格局規劃意圖。儘管新時期當代文學史書寫拒絕了以浩然為代表的文革主流文學，依靠政治、文學的雙層斷裂來完成新時期政治與文學合法化的重要任務，然而新時期文化對文學社會功能的重新規劃顯示出這一時期的文化觀念與那段被「人為斷裂」的歷史的曖昧相似，在相同的文學規劃思路下文革主流文學的「去經典化重評」和傷痕文學的經典化，正是新時期政治在規劃新時期文學的整體走向時取用的殊途同歸的兩種方式，在重評和傷痕文學的推廣中，顯示出在「文革」向新時期的轉型中，國家意識形態力量對新時期文學格局的影響。

3.2 再建構：「三突出」與「社會主義新人」

新時期政治通過與文革的斷裂來重建政治格局，新時期文學同樣需要在顛覆主流文學的過程中，規劃自己的嶄新局面。作為文革期間得到極左政治器重的作家，文革文學經典的作者在新時期社會格局中的身份是複雜而曖昧的，他們曾經以工農兵作者的身份進行創作，並且有機會參與「文革」時期極左政治宣傳，粉碎「四人幫」以後，這些作家往往是作為文學人物和政治人物同時得到關注，浩然是其中最引人注意的一個。

　　《人民日報》1978 年 1 月 17 日刊發特約評論員文章《抓綱治文藝》指出要「必須緊緊抓住『揭批四人幫』這個綱，我們同四人幫的鬥爭是一場歷史性的大決戰。我們同四人幫在文藝戰線的鬥爭是整個大決戰的重要方面。搞亂文藝戰線進而把它當作篡黨奪權的兇器，這是四人幫的一貫方針，也是這些年來的眞實歷史。因此要大治文藝戰線，就必須徹底清算四人幫在文藝戰線的罪行，必須徹底揭露四人幫在文藝界的資產階級幫派體系，不破不立，不鬥不治，不對四人幫進行堅決徹底的批判和鬥爭，大治文藝就不能實現。」正是在這一背景下，重評浩然不僅折射著新時期語境撥亂反正的政治主題，還關係到新時期文學的整體建構。

　　「三突出」是極端化激進美學的重要組成，「文革」中成功顛覆了「革命的現實主義與革命的浪漫主義相結合」手法成爲新的創作準則，這種在「所有人物中突出正面人物，在正面人物中突出英雄人物，在英雄人物中突出主要英雄人物」的創作手法在文革後作爲四人幫「陰謀文藝」的創作原則與「文藝黑線專政論」，「根本任務論」一起受到批判。在對浩然的反思與重評中，他在「文革」時期對「三突出」的某些觀點成爲新時期受到指責的原因之一，而且浩然在文革後期的創作常常被作爲闡釋「三突出」危害的反面例證，因此新時期文學對浩然的重評和對「三突出」美學原則的批駁是同時展開的。

　　「三突出」的創作思想最早在 1964 年露出端倪，當時江青提出「塑造正面英雄人物是一切文學藝術的根本命題。」在 1965 年京劇《平原游擊隊》的改編中，江青要求壓低其他人物以突出主要人物李向陽。直到 1968 年，伴隨樣板戲的經典化，「三突出」以樣板戲美學的姿態作爲「塑造人物的重要原則」提出。時至 1972 年伴隨文化革命的深入開展，「三突出」被提升爲「無產階級文藝創作的根本原則」，當時被認爲是「文藝戰線上的新生事物」，具有「巨大的生命力和深遠的影響」，可以「有利於黨對文藝的領導」「是造就大批無產階級文藝戰士的好方式。」〔註 14〕其適用範圍由戲劇領域擴展到電影、小說，甚至是不以塑造形象爲主要表現手段的詩歌、繪畫領域。這一特殊原則「用另外一套表意符號滿足了意識形態對文藝的要求，它以空前淨化方式，徹底肅清了當代異質文藝表現生活的複雜性，生活不再是創作的源泉，特別是日常生活不再是文藝表現的對象，人的情感生活經過三突出

〔註 14〕洪子誠，《中國當代文學史》北京，北京大學出版社，1999 年版，187 頁。

完全過濾掉了。」〔註15〕而這種依靠人為手段將具體實際生活抽象化的做法無疑是違背文學自身發展規律的,「文革」後《人民日報》發表批判文章,從哲學高度指出「三突出」的創作原則實際上是對文學與生活、主觀與客觀之間被決定與決定的關係的扭曲:「『三突出』這一創作模式是唯心主義和形而上學的大雜燴,現實生活是無限豐富多姿多彩的,決不能用一個公式包羅萬象。作品中人物之間的關係,是現實生活中階級關係的一種反映,決不是什麼突出不突出、陪襯不陪襯的關係,無產階級的英雄形象就其本性來說也是千差萬別的,決不是什麼多少個側面拼湊起來的角色,也絕無從娘肚子裏鑽出就是高大完美的超天才。」〔註16〕在這裡生活真實與藝術真實的矛盾以及「高大完美」的英雄人物成為「三突出」創作原則下的文本漏洞,《金光大道》、《百花川》成為「三突出」原則下創作的主題先行、用階級概念套生活的模式化傾向嚴重的拙劣典型,而「高大全」也成為「幫英雄」,「是按照唯心主義形而上學和英雄史觀,炮製出來的所謂天才人物」的代名詞,甚至被命名為「不是從現實生活中概括出來的有生命有個性的活物,而是一系列的『幫原則』和『幫理論』中孵化的怪胎。」〔註17〕相同的文學判斷也呈現在對《前夕》的重評中,作品在新時期合法地位的喪失同樣與「三突出」文學原則不無干係:「《前夕》在藝術上的根本缺陷是他沒有也不可能按照革命現實主義和革命浪漫主義相結合的創作方法來反映生活(這首先是由它的主題思想的致命錯誤決定的。)相反,唯心主義先驗論的創作方法和三突出的創作模式的惡劣影響,卻深深嵌印在全書的各個章節中,特別是主人公方壯濤形象的塑造上,問題就更加突出了」「這個剛剛從社教前線分配到教育戰線上的新兵(方壯濤),這個對錦中毫無接觸、一切都是陌生的教師,他認識錦中的問題是不需要什麼時間和過程的。他那先知先覺、超凡入聖的程度,其實一點也不亞於『四人幫』陰謀文藝中春苗、巧姑、江濤、鐵根之類的風雲人物」,而且,「對方展濤性格的刻畫,完全是按照『四人幫』那一套『主題先行』『高大完美』『多側面』的幫文藝理論的路子走的。」在這種前文革經典的重評中,「三突出」原則下的「英雄形象」受到了質疑,和這一

〔註15〕 孟繁華、程光煒,《中國當代文學發展史》,北京,人民文學出版社,2004年版,第175頁。
〔註16〕 「三突出是反馬克思主義的文藝主張」,《人民日報》,1977年2月5日。
〔註17〕 陸貴山,「從塑造典型看陰謀文藝的極右實質」,《人民日報》,1978年2月15日。

形象產生密切相關的理論也同樣因爲其與文革極左政治的特殊聯繫而成爲關於「四人幫」政治批判中一環。

「在七、八十年代的『文學轉型』期，令『主流敘述』焦慮的，是怎樣在『文革』敘述模式破產之後，在社會民眾中建立更爲有效因而更能產生凝聚力的『新時期』敘述。」〔註 18〕因此在批判「四人幫」「陰謀文藝」的基礎上，對「三突出」美學原則的顚覆是與主流文化營造新的話語體系、重建新時期的文學成規一同展開的。「文革」後巴金就創作的藝術質量問題指出了「三突出」的弊端：「虛假和模式化是妨礙文學作品質量提高的兩大公害，必須克服。造成虛假和模式化的罪魁禍首就是四人幫。『四人幫』爲了炮製陰謀文藝，鼓吹一整套『三突出』，『主題先行』『反眞人眞事』等等修正主義文藝謬論，從根本上搞亂了文藝與生活，文藝與政治的辯證關係。」〔註 19〕因此在「三突出」作爲文革極左政治附屬的文學思想在新時期得到清算之後，主流文壇開始思索「破舊」之後如何「立新」，如何建立一種「社會主義文學」新的表現模式，可以在反「虛假」和反「模式化」兩個向度上彰顯新時期文學的對『文革』文學的超越。

羅蓀在《貫徹雙百方針，必須批判紀要》一文中，在針對「根本任務論」批駁的同時，提出了新的問題：「所謂『根本任務論』，實際上是英雄史觀，把人民群眾當做阿斗，當作可有可無的陪襯，突出一個『高大全』的中心人物，既不寫他的成長過程，又不准反映他身上的任何缺點，而且起點要高，把所謂的英雄人物推到了神的地位，而且創造歷史的人民群眾只能充當配角。」〔註 20〕在批判「高大全」式的「三突出」英雄的同時，羅蓀含蓄地指出了「有缺點」「起點也不高」的「人民群眾」才是創造歷史的眞正英雄，在力圖突破神化、模式化的寫作傾向的過程中，普通人一改在五、六十年代以「中間人物」的提法被壓抑的狀態，顯示出了「三突出」的英雄偶像崩潰後，塑造人物形象新的突破口。1978 年，《實踐是檢驗眞理的唯一標準》由改版後的《光明日報》重點刊發，引發了波及全國的「思想解放」運動，茅盾從如何更好地發揮社會主義文藝作用的層面，發表了對作家如何理解眞理標準的看法：「文學作品是用形象地反映社會現實之典型環境中的典型人物的方式，

〔註 18〕 程光煒，「文學『成規』的建立──對『班主任』和『晚霞消失的時候』的『再評論』」，《當代作家評論》，2006 年第二期。
〔註 19〕 巴金，「迎接社會主義文藝的春天」，《文藝報》，1978 年第一期。
〔註 20〕 羅蓀，「貫徹雙百方針，必須批判紀要」，《文藝報》，1979 年第九期。

來完成它的團結人民，教育人民，打擊敵人消滅敵人的任務的，因此這一任務完成得好不好，就取決於作品所反映的社會現實是不是正確的社會現實。」而且「文革」文學生產方式成為茅盾的反面例證：「他們（四人幫）先拋開實踐是檢驗真理的標準，凡趨炎附勢按照他們幫規幫法寫作的就青雲直上，不按照他們這一套寫作的，就是毒草」「弄到後來八億人民只剩下一個作家八個戲」〔註 21〕。這種在重新評價「文革」文藝思想和主流文學中，新時期主流文學將「走下神壇」的普通人形象和「真實」作為對「無產階級英雄史觀」以及「三突出」原則的修正加以暗示，在被顛覆的「文革」美學廢墟上，新時期文學潛隱卻堅定地勾勒出新的文學形象脈絡，並且在八十年代文學中得到清晰呈現。

　　傷痕文學作為新時期主流文化建構的文學經典，很好地詮釋了經典的定義——「經典一直都是解決問題的一門工具，它提供了一個引發可能的問題和可能的答案的發源地。」〔註 22〕全國優秀中短篇小說的評獎制度作為主流政治話語激勵的方式之一，推動了傷痕文學和反思文學的經典化，肯定了「它們無論在思想內容或藝術表現都有新的突破，提出並回答了廣大人民普遍關心的問題」〔註 23〕的創作思路。實際上，這些獲獎作品之所以獲獎，很大程度上在於它們在提出並回答了「人民關心的問題」之餘，也緩解了主流文化關於「高大全」式形象破產之後新典型形象缺席的焦慮。雷達、劉錫城在梳理新時期初期小說的發展輪廓時，將「小說人物的多樣化」作為該時期小說的重要特點提出，並且指出這一趨勢相對於林彪四人幫時期「只能寫高大全的英雄」的進步意義〔註 24〕。而「喬光樸、李銅鐘、陸文婷、馮晴嵐、盤老五、陳奐生、李順大等」〔註 25〕就是突破「高大全」形象後的多樣化的「社會主義新人。」八十年代初期的批評界對於「社會主義新人」的界定並不一致，但是以「三突出」「高大全」為參照闡明自己的「新人觀」卻成為評論者的一致做法，而且在這一基礎上形成了某些「社會主義新人」的共識——「社

〔註 21〕茅盾，「作家如何理解實踐是檢驗真理的唯一標準」，《人民日報》，1978 年 12月日。
〔註 22〕佛克馬、蟻布思，《文學研究與文化參與》，北京，北京大學出版社，1995 年版，第 39 頁。
〔註 23〕《人民日報》，1979 年 3 月 27 日。
〔註 24〕雷達、劉錫城，「三年來小說創作發展的輪廓」，《文藝報》，1979 年第十期。
〔註 25〕余斌，「新人的概念與文學中道德主題的出現」，《文藝報》，1981 年第 24 期。

會主義新人這個概念有自己『質』的規定性，但不能把社會主義新人理解成超凡入勝，高不可攀的神」，「我們必須進一步肅清所謂『根本任務論』、『三突出』之類的影響。要堅持從生活出發，按照生活的本來面目和它的發展趨向，塑造各種各樣的社會主義新人形象。」〔註26〕

在文革主流文學重評的背景下，「社會主義新人」概念的出臺，正是針對「三突出」創作原則的模式化、概念化殘餘影響提供的解決方案，而徹底取代了「高大全」的「社會主義新人」形象，也標誌著在文化大革命的背景下新時期文學成功建構起的自己的敘述方式。

3.3　文學史的介入方式

「近百年來，文學史所承擔的教育責任早已使它變成了意識形態建構的一部分，文學經典的教育，直接導向一種文化價值觀念的成立，文學史常常給人的情感、道德、趣味、語言帶來巨大影響甚至起到人格示範的作用。」〔註27〕因此在中國現當代文學的學科史上，文學現象與國家意識形態的複雜糾葛成爲現當代文學學科的先天宿命，在新中國誕生、學科設立之初，現代文學史便被納入國家意識形態範疇，致力於新政權合法性的文學史講述，以新文學史名義編纂的現代文學史教材與意識形態保持一致，主流意識形態成爲學術研究的內在框架，一旦意識形態作出調整，文學研究的整體框架不可避免地要進行修正以適應新的主流文化要求。正是在這樣的背景下，浩然的文學史定位成爲國家意識形態轉型的文學症候。

「許多人對於文學史具有一種特殊的好感：文學史意味了某種堅硬的、無可辨駁的事實描述，這樣的描述避免了種種時尚趣味的干擾而成爲一種可以信賴的知識」，〔註28〕在新時期政治、經濟與文化轉型以及「思想解放」的潮流中，文學史判斷在國家意識形態的重大調整中作出反應，作家文學史定位的調整背後往往牽涉到操作者的文學史觀、審美價值觀的悄然調整，以及一種新的「認識性裝置」的醞釀。在這種新的「認識裝置」作用下，新時期當代文學史書寫所波及的範圍之廣、作家之眾、作品數量之豐在整個二十世紀文學歷史進程中

〔註26〕孔舟，「努力塑造光彩動人的社會主義新人形象——記本刊召開一次座談會」，《文藝報》，1981年第二十四期。
〔註27〕戴燕，《文學史的權力》，北京，北京大學出版社，2002年版，第161頁。
〔註28〕南帆，《隱蔽的成規》，福州，福建教育出版社，1999年版，第6頁。

都顯得尤其突出。建國以來左翼文學以政治正確性爲基點建構的文學秩序有了鬆動的迹象。「許多曾經被簡單否定貶低了的作家進行重新評價」「在歷次政治運動中受到批判的革命作家、進步作家，在文學史上作出過重大貢獻卻歷來評價不夠的作家，都正在得到比較實事求是地評價。」〔註29〕

　　在這種文學史書寫體系和評價標準有所突破的背景下，新出版的兩部當代文學史著作對浩然的評價迴避了此前重評「泛政治化」做法，顯示出文學史家在思想與藝術兩個層面的深入思考。在《中國當代文學史初稿》（人民文學出版社，1980 年版）中，雖然浩然「作品的思想內容和藝術表現」獲得了「兼有可取之處」的謹慎評價，但編者指出「他們的藝術構思以及對自己所描寫的生活的認識和評價由於深深打上四人幫的反動思潮的烙印，把階級鬥爭簡單化，把路線是非搞顛倒，搞三突出，過份強調個別英雄人物的歷史作用，因而就嚴重地損害了作品中的現實主義，導致許多不眞實的描寫」，甚至對其作出措辭嚴厲的批評——　「在讀者中造成不好的影響，《金光大道》尤甚」。類似的批評口吻和文學史定位也出現在 1979 年發行的《當代文學概觀》（北京大學出版社）中，《金光大道》前主流經典的身份受到編者的注意：「四人幫爲了篡黨奪權的需要，大搞陰謀文藝。有些作品適應四人幫的政治需要炮製上市（如《西沙兒女》），有些作品深受四人幫反動思潮的影響，走向創作歧途（如《金光大道》，《前夕》，《飛雪迎春》等）」。而《豔陽天》也因爲「是從以階級鬥爭爲綱的思想出發，作品所描繪的東山塢階級鬥爭的圖景，是從上述思想轉化而來的，因此構成這部作品的現實依據是不足的」。在《豔陽天》《金光大道》因爲「眞實性」以及「四人幫的反動唯心主義思想和『三突出』的創作模式的影響」受到質疑的同時，對比與《豔陽天》在同一章節中出現「異曲同工」的《風雷》章節，儘管作品同樣是圍繞著「五十年代中期淮北農村兩個階級和兩條路線鬥爭的生活畫面」「在描寫階級鬥爭上，也不免受著流行被機械理解的階級鬥爭模式的影響，一定程度上消弱了作品的思想深度和眞實性」，但「不失爲描寫五十年代農村鬥爭的一部很有特色的好作品」，這種現象顯示出文學史在處理不同作家同一類型作品時的語氣並不十分一致。而對浩然的批評和反思也主要針對《金光大道》與文革主流話語之間的聯繫，而對其藝術層面的分析極其有限，這一點也招來浩然的不滿：「有人

〔註29〕樊峻，「近年來的中國現代文學研究研究工作」，《海南師專學報》，1982 年第二期。

說當時的中國只剩下一個作家八個樣板戲，『《金光大道》在讀者中造成不好的影響』『尤甚』，對於怎麼就剩一個作家，他的作品怎樣會造成壞的影響，像那樣一筆帶過，只有空帽子一頂。」因此對文學史定位的客觀性、公正性表示了質疑。〔註30〕

回顧「文革」期間的文學創作，在 1972 年以後，一部分中斷寫作的作家重新開始創作，一些文學新人也逐漸露面，這一期間創作出版的相對活躍可以在以下數字中得以一見：

時間	長篇小說（部次）	中篇小說	短篇小說（集）	報告文學集	散文雜文集	詩集
1972	14	2	71			
1973	23	9	64			
1974	27	12	51			
1975	37	6	46			
1976	48	16	49			
五年合計				198	97	423

在「文革」體制內部，這一支重新浮出歷史地表的創作隊伍擁有數量眾多的中青年作者〔註31〕，下列統計數字顯示出文革後期四人幫掌控下的主流文學陣地上這支發表作品隊伍的大致情形〔註32〕：

作家姓名	篇 名 以 及 體 裁	發表處及時間
黃蓓佳	補考（小說）	《朝霞》，1973
陸天明	揚帆萬里（三幕話劇）	《珍泉》，1973
	樟樹泉（四幕話劇）	《青春頌》，1974
	火，通紅的火（四幕話劇）	《序曲》，1975
古　華	仰天湖傳奇（小說）	《碧空萬里》1974
葉蔚林	大草塘（小說）	《朝霞》1975 年 8

〔註30〕浩然認為這樣的文學史寫作使「這史就失掉了不小的價值。詳見浩然，「關於豔陽天和金光大道的通信」，《浩然研究專集》，天津，百花文藝出版社，1994年版，180 頁。

〔註31〕張長弓、克菲、海笑、劉懷章、單學鵬、陳大斌、黎汝清、諶容、張抗抗、艾蕪、謝璞、未央、李存葆、陳忠實、葉蔚林、陸星兒、俞天白、理由、溫小鈺、金河、古華、白樺、阮章竟、茹志鵑、李瑛、路遙、巍巍、余秋雨、黃宗英、陳世旭等都是當時進行創作的中青年作家。

〔註32〕謝泳，「朝霞雜誌研究」，《南方文壇》，2006 年第四期。

焦祖堯	礦山的春天（電影文學劇本）	《千秋業》1976
錢 鋼	鋼澆鐵鑄（小說）	《序曲》1975
	老首長的戰友（詩）	《朝霞》1974 年 2
	戰士之歌（詩）	《朝霞》1975 年 6
	金環島暢懷（詩）	《朝霞》1975 年 11
	獻給十年的詩篇（詩）	《朝霞》1975 年 12
	指路的明燈繼續革命的動力	《朝霞》1976 年 1
孫紹振 劉登翰	狂飆戰歌（詩）	《朝霞》1975 年 1
	第一線上（詩）	《朝霞》1975 年 11
袁和平	馬背上的教師（劇本）	《不滅的篝火》1975
	邊塞新曲（散文）	《朝霞》1976 年 2
李小雨	長征新曲（詩）	《朝霞》1975 年 11
路 遙	江南春夜（散文）	《朝霞》1974 年 5
孫 顒	長江後浪推前浪（小說）	《朝霞》1974 年 6
	老實人的故事（小說）	《朝霞》1975 年 5
	窗口（報告文學）	《朝霞》1975 年 12
賀國甫、黃榮彬	工廠的主人（劇本）	《朝霞》1974 年 7
王小鷹	花開燦爛（散文）	《朝霞》1974 年 7
徐 剛	濤聲（詩）	《朝霞》1974 年 5
	縣委會上（詩）	《朝霞》1974 年 7
	上海啊，你的未來——理想頌	《朝霞》1974 年 11
	光明頌（散文）	《朝霞》1975 年 2
	追鄉音（詩）	《朝霞》1975 年 11
	革命搖籃頌（散文）	《朝霞》1976 年 5
	在歷史的火車頭上（散文）——獻上我們偉大的黨	《朝霞》1976 年 7
俞天白	高空的閃光（散文）	《朝霞》1975 年 2
	爆竹聲聲（散文，與王錦園合作）	《朝霞》1975 年 7
	第一號文件（小說，與王錦園合作）	《朝霞》1976 年 5
賈平凹	彈弓和南瓜的故事（兒童文學）	《朝霞》1976 年 6
	隊委員（小說）	《朝霞》1975 年 12
余秋雨	記一位縣委書記（散文）	《朝霞》1975 年 7

羅達成	興業路抒懷（散文）	《朝霞》1975 年 7
	炮火樓（散文）	《朝霞》1976 年 5
	古炮的壯歌（報告文學）	《朝霞》1975 年 12
趙麗宏	勝利的渡口（散文）	《朝霞》1975 年 7
	笛音繚繞（散文）	《朝霞》1975 年 10
李　瑛	鑽石及其他（詩）	《朝霞》1975 年 4
	向二 000 進軍（詩）	《朝霞》1975 年 11
劉緒源	女採購員（小說）	《朝霞》1975 年 8
	光明磊落	《朝霞》1976 年 2 期
	淩雲篇	《朝霞》1976 年 2 期
	新生事物與限制資產階級法權	《朝霞》1976 年 6 期
夏堅勇	掌印（小說）	《朝霞》1976 年 2 期
王周生	晨光從這裡升起（散文）	《朝霞》1976 年 3 期
杜恂誠	工業題材長篇小說漫談（評論）	《朝霞》1976 年 2 期
陳思和	且談「黃卷之術」（評論）	《朝霞》1976 年 6 期
周　濤	送報的姑娘	《朝霞》1976 年 8 期
陸建華	錄時代風雲塑一代新人（評論）	《朝霞》1976 年 8 期

　　「文革」中正常的寫作和出版渠道被人爲中斷後，重新開始寫作就意味著作家需要在某種程度上對主流意識形態作出呼應，有些作者甚至成爲「文革」極左政治主流話語的生產者，但是新時期的文學現實昭示出儘管從「文革」到新時期國家意識形態作出重大調整，但是這樣一群中青年作者並未遭受批評的苛求，其中相當多作者同樣活躍於新時期文壇，成爲傷痕文學、反思文學以及報告文學的重要作家。不僅這樣數量眾多的創作和作家群體在新時期初期的文學史寫作中得到的關注遠遠不及浩然，而對同樣帶有意識形態痕跡的作品論述中，評價口吻對《金光大道》也顯得更爲嚴厲〔註 33〕。而且這種嚴厲的批評與同期海外學者對浩然評價之高形成了新一輪的巨大反差。嘉陵（葉嘉瑩）作爲「一位從臺灣到北美洲某大學任教的女學者，專攻中國古典文學」「而且一向對含有政治目的的文學作品抱有成見，更怕看滿紙革命

〔註33〕 見《中國當代文學史初稿》在《文革十年的文學概述》中對諶容的《萬年青》
　　　　和《金光大道》的論述，在肯定兩者「有較爲豐富的生活積累」之餘，論及
　　　　「在讀者中造成了不好的影響，《金光大道》尤甚。」

鬥爭的字眼，卻對《豔陽天》產生了濃厚興趣」，「由初讀再讀到三讀，從喜歡到仔細分析進而找有關資料做一番研究」，在文本細讀和藝術層面的研究比較中，最後認同了報端「就憑《豔陽天》的成績也未嘗不可以獲得一項諾貝爾文學獎」的觀點，得出了「浩然的《豔陽天》之所以列入世界偉大小說之林，則是不容置疑的一件事」的結論。甚至對大陸文學界在新時期文學重評中集中圍剿的《金光大道》，嘉陵也認為這是一部「氣魄宏偉的作品」。這種身份迥異的研究者分別從主題和藝術層面入手對同一研究對象的作出迥異評價，從一個側面暗示了後文革時代文學場中一個對研究者的文學史判斷產生持續影響的「超級結構」的存在，而這可能就是文學史家「共同設定的默認的公設」，「是他們默默遵循的一般原則。」〔註34〕

西方學者在對匈牙利當代文學的研究中發現，「文學經典總是依附於文化體制的存在、地位和持久性上」，「經典化過程嚴重地為意識形態所左右」，而且「制度化的環境」是產生這一現象的重要根源，即使「社會會發生某種巨變和轉折」，但文化體制具有存在的「持久性」，和過去時代「人格體現」，它與歷史的「同質性」還會以這樣那樣的形式表現出來，從而成為持續產生影響的文學場超級結構〔註35〕。國家意識形態的斷裂被文學場超級結構再度勾連的現象被李楊概括為「如果『一體化』指的是社會政治制度對文學的干預、制約、控制和影響，文學生產的社會化機構的建立以及對作家、藝術家的社會組織方式等等。那麼，用這一概念來描述『新時期文學』顯然是同樣有效的。」〔註36〕

在浩然及整個文革主流文學重評中，當代文學史建構中至關重要的政治正確的評價出發點，以及「香花──毒草」六條批評標準仍然得到了沿襲──「一切文藝創作只要在政治上符合六條標準，藝術上有一定的水平就可以發表或演出」，〔註37〕而且，「社會主義文藝的根本任務是興無滅資，培植香花、批判毒草，這是建設社會主義新文藝的兩個方面。」〔註38〕在這樣的文學場域中，六條標準仍作為一個重要尺度在浩然的文學史定位中發揮作用。既然四

〔註34〕福柯，《知識考古學》，北京，三聯書店，1998 年版，205 頁。

〔註35〕此方面論述見程光煒「文學的緊張──『公開的情書』、『飛天』與八十年代『主流文學』」，《南方文壇》，2006 年第六期。

〔註36〕李楊，「重返『新時期文學』的意義」，《文藝研究》，2005 年第一期。

〔註37〕「調整黨的文藝政策」，《人民日報》，1978 年 6 月 13 日。

〔註38〕「調整黨的文藝政策」，《人民日報》，1978 年 6 月 13 日。

人幫在政治上已經得到「反黨」、「反革命」的裁斷，文革主流文學在六條標準中最重要的「社會主義道路和黨的領導」的衡量下，首先喪失了至關重要的政治合法性。「《金光大道》與其說是在表現合作化運動中，中國農民的正確、偉大，還不如說是在爲『文革』歷史粉飾、唱讚歌，否則在那個萬馬齊喑的時代，這部《金光大道》絕不會一枝獨秀，成爲那個時代的『經典』之作」〔註39〕。浩然在 80 年代初期文學史寫作中的評價，雖然擺脫了初期重評的政治化傾向，但同樣是在「幫文藝」的陰影下給予作家政治和藝術兩個層面上的小心定位。而其他因時代政治話語的介入影響了作品的藝術性，但未被納入「文革」主流話語體系的其他作家，儘管作品「無法擺脫按運動本身的模式再現生活的框架」，但還是能夠得到文學史的理解和寬容，「因爲這不是一、二個作家的問題，帶有普遍性。」〔註40〕

因此，文學史在對以浩然爲代表的文革主流文學的重新評價中，這種依然以政治正確爲重要準繩的評價標準顯示出「文化體制的持久性」「與過去時代的人格感受」。浩然本人同樣意識到這種文學場超級結構的存在，因此將兩本文學史看作「是在我們這夥吃了苦頭，走過來的文化人，想抖落掉極左的裹腳條子，而彎折的腳趾頭還沒有能伸開的神態下寫出的，摻雜著許多極左慣性的東西和自由化的東西。」〔註41〕

〔註39〕楊揚，「癡迷與失誤」，《文匯報》，1994 年 11 月 13 日）
〔註40〕「柳青專章」，張鍾，《當代文學概觀》，北京，北京大學出版社，1980 年版，182 頁。
〔註41〕浩然，「關於『豔陽天』『金光大道』的通訊與談話」，《浩然研究專集》，天津，百花文藝出版社，1994 年版，182 頁。

第 4 章 「沈從文重評」與
「文學性」的歸來

　　文學經典的超時間性與具體歷史語境和文化語境中左右文學接受與傳播的社會價值觀念、美學趣味的社會主體有密切的關係。在具體的文化語境中，處於決定地位的價值觀念與美學趣味決定了哪些作品可以被接受與傳播，哪些作品處於監禁與遮蔽狀態。70 年代末期，伴隨著對文化大革命和文革主流文學的重評，在民族國家框架下完成的現代文學歷史書寫範式發生變化，「自『五四』開始的中國現代文學研究，近年來重新得到了『五四』之光的燭照」，「一大批曾被粗暴否定的作家」，回到了應有的位置，「一群長期以來受貶的作家，開始有了新的評價」。但是，「近一年來，這股科學革命的雄闊氣勢卻逐漸減弱……某些徘徊的陰影仍無法驅除」，徘徊的癥結所在，乃是近年來的突破「發生在粉碎『四人幫』後」，「帶有強烈的『落實政策』性質。而作為一門人文科學，僅有這種近乎純政治性的大變動是遠遠不夠的，更必須有相應的研究觀念的大變動。」〔註1〕這位研究者呼喚的研究觀念突破帶來了文學史書寫格局的變化，更多的作家作品在重評中確立了新的文學形象，沈從文就是這樣一個被新時期文學重評建構出來的新經典。

〔註 1〕　宋永毅，「重大突破後的徘徊——現代文學研究學科革命的思考」，《中國現代文學研究叢刊》，1986 年第 1 期。

4.1 「沈從文重評」的背景

德里達將個體記憶看作「對現在之所謂先前在場的引證」〔註2〕，較個人記憶複雜的是「社會記憶」，它作為「各種政治社會群體在有差別的價值觀念引導下，對『過去』進行刻意篩選和過濾的結果」，「社會記憶就是那些被權力操弄過後，讓特定社群在特定時期普遍『信以為真』的歷史」。〔註3〕建國後主流文化顯然意識到了「任何社會秩序下的參與者必須具有一個共同記憶」〔註4〕的重要性，文學創作和文學史研究都呈現出建構歷史記憶的明確姿態。黃子平在研究中這樣定位革命歷史小說：「這些作家在既定意識形態的規限內講述既定的歷史題材，以達成既定的意識形態目的：它們承擔了將剛剛過去的『革命歷史』經典化的功能，講述革命的起源神話、英雄傳奇和終極承諾，以此維繫當代國人的大希望與大恐懼，證明當代現實的合理性，通過全國範圍內的講述與閱讀實踐，建構國人在這革命所建立的新秩序中的主體意識。」〔註5〕而在「重寫文學史」被作為重寫對象的左翼文學史的歷史背景也與創作實踐大同小異——「當時的情況可能是這樣：一個新的國家剛剛誕生，上層建築及其意識形態都在為鞏固政權而展開工作，政治、教育、歷史、哲學、法律、文學等社會科學領域都參與了這項工作，即通過各種途徑向人們描繪中國革命是怎麼走向勝利的，人民共和國是經過了怎樣艱苦的鬥爭建立起來的。現代文學史從這個意義上講具有教科書的性質，是有鮮明的目的與嚴格的內容規定的。」〔註6〕在這種「社會記憶」的建構中，所有的書寫都有明確的目標即闡釋「革命」是如何成功的以及成功的意義，進行新中國政治的合法化講述，因此「左翼文學」毫無疑問地具備政治正確性。當左翼文學成為文學史主體，「階級性」「傾向性」標準也成為壓抑自由主義作家堅持的文學「自足性」和「審美性」的重要憑藉。在「人民文學」取代「人的文學」的文學講述中，超然於一切政治鬥爭之外、以追求「純正的文學趣味」為目標

〔註2〕〔法〕雅克‧德里達，《多義的記憶——為保羅‧德曼而作》，蔣梓驊譯，中央編譯出版社 1999 年版，第 69 頁。「引」和「證」可以分別被視為對習得知識的重複和「對過去知識的創造性認識活動」。

〔註3〕張鳳陽等，《政治哲學關鍵詞》，南京，江蘇人民出版社，2006 年版，第 372 頁。

〔註4〕康納頓，《社會如何記憶》，納日碧力戈譯，上海人民出版社 2000 年版，第 3 頁。

〔註5〕黃子平，《「灰闌」中的敘述》，上海文藝出版社，2001 年 1 月第 1 版。

〔註6〕陳思和、王曉明：「主持人的話」，《上海文論》1989 年第 6 期。

的自由主義文學成爲左翼文學壓抑的對象，由此淪爲左翼文學史體系之外的他者。

從三十年代開始，沈從文作爲「京派」的代表經歷了左翼評論界從文學創作觀的分歧摩擦到道德性批判直至政治性全面批判的升級，甚至在受到批判之餘還獲得了相應的身份界定，即「特別是沈從文，他一直是有意識地作爲反動派而活動著」。因此不難推斷沈從文在以左翼文學爲線索的新文學史中的合法化危機以及政治判斷對文學史敘事的滲透和左右。在王瑤的《中國新文學史稿》（1954），丁易的《中國新文學史略》（1955），劉綬松的《中國新文學史初稿》（1956）這三部學科奠基之作中，沈從文以反面形象「叨陪」其中，在王瑤的《中國新文學史稿》中，稱沈從文「寫的多是以趣味爲中心的日常瑣事，並未深刻寫出形象」「寫法是幻想的」，「文字是優美的」「一方面固然表現他不滿於現實，但不自覺地其實對過去的時代寄予了一種懷戀」，尤其是沈從文大量的鄉土作品是「以湘西地方色彩爲背景的原始味的民間生活和苗族生活作品，他有意借著湘西黔邊一帶等陌生地方神秘性來鼓吹一種原始性的野的力量」「但作者著重在故事的傳奇性來完成一種文章風格，於是那故事便加入了許多懸想的野蠻性，而且也脫離了它的社會性質。」〔註7〕隨著《史稿》因爲「政治性，思想性不強」「對材料不分取捨，主從混淆，判斷失當」而受到批評，王瑤也受到指責，原因之一就是──「作者（王瑤）缺乏階級觀點和階級分析的方法，因而對許多作家和作品都不能眞正地指出他們的社會性質，即不能分別無產階級、小資產階級和資產階級作家，甚至敵我不分，寫了、肯定了王獨清、張資平⋯⋯等反民族、反人民的作家。又對徐志摩、沈從文等給予禮遇，津津樂道，而他們也被認爲屬於反對、頹廢的作家之列。由於這樣不分青紅皂白地把反動的和革命的拌在一起」〔註8〕，從而沒有很好地解決「爲誰樹碑立傳的問題」。因此隨著政治形勢的日益嚴峻，後來的文學史編寫吸取了《史稿》的教訓，沈從文作爲一個「落後的」甚至是「反動的」現代作家從「純潔的」的文學史上消失了。

誠如李楊描述的「『文革』的結束，不僅結束了一個政治時代，也結束了一個和政治相呼應的文學和文學史時代」。隨著國家意識形態由文革時期的極左到

〔註7〕 劉洪濤、楊瑞仁，《沈從文研究資料》，天津，天津人民出版社，2006 年版，300 頁。

〔註8〕 黃修己，《中國新文學史編纂史》北京，北京大學出版社，1995 年版，第 157 頁。

新時期現代化意識形態的轉型，新時期對文革的不斷清算以及對此前左翼文學史觀下的歷史書寫的反思，在「人民文學」建構中被定格的「沈從文形象」在「新啓蒙主義」思潮中呈現出某種鬆動的可能。從「新時期文學」的命名上就可以看出它的「新」相對的是「文革」及之前的以「革命」、「階級」、「政治」爲內涵的文學，所以「新時期文學」標舉的是「人性」、「人道主義」、「主體性」「審美的」以及「文學性」這些具有啓蒙特質的旗幟，因此沈從文在意識形態領域尊重實事求是、解放思想的原則下，對歷史以及歷史人物的重新反思中再度出場，而且他的作品與新時期語境的共鳴可能也得到有意識地開掘。在吳立昌的《論沈從文筆下的人性美》中，曾經被左翼文學史視爲「脫離了它的社會性質」的「懸想」的湘西題材作品，得到了新的觀照：

> 「沈從文的筆大多是從勞動者，從被壓迫受屈辱最深的平民百姓心靈深處去挖掘閃光的人性，這就使得他的作品中表現的人性美，能夠給讀者以積極健康的影響和美的感受」、「像《邊城》裏所展示的人們之間相互友愛、相互關懷、相互信任的融洽關係，對於身處壓迫和剝削的黑暗社會的讀者來說，該具有多大吸引力。這樣的作品只會激起人們對自己所處現實產生不滿，發出詛咒，當然它也不可能鼓勵人們起來反抗現存社會秩序，不過要對過去的讀者，即使對今天的讀者，比如在林彪、『四人幫』肆虐時期，假若誰讀了《邊城》，也會神往於書中描繪的理想世界。因爲那不堪回首的十年動亂，不僅毀滅經濟和文化，而且毀滅人性，將多少年建立起來的社會主義社會人與人之間革命的通知關係破壞殆盡。沒有革命激情，缺少階級友愛的現實生活裏，小小邊城那種和平安靜氣氛，儘管是一種自然素樸的人生形式，也會引起人們的企羨」，而且「這裡人們不分貧富，不講地位，均以誠相待，充滿了愛，長官可以與民同樂，一切永遠那麼靜寂，所有的人每個日子都在這種不可形容的單純寂寞裏過去。」〔註9〕

作者這種對沈從文的肯定無疑是在文革過後的特殊背景下，在階級話語普遍無法無法喚起共鳴的時候，沈從文的日常瑣事敘述、人性的美好呈現，對純正的文學性的追求都成爲避開左翼文學遮擋的話語屏障受到重評者的關注和

〔註9〕劉洪濤、楊瑞仁，《沈從文研究資料》，天津，天津人民出版社，2006 年版，455 頁。

啓用，從而造就了沈從文文學形象的改變以及被復活的文學史命運。

　　一直以來，當代文學著力建構一種集體性的文學以達到實現營造「社會記憶」的目的，現代文學被敘述爲最終走向這種「集體性」的文學，而這一切是在對「個人性」「文學性」的不斷批判中完成的。正像《十年來的新中國文學》一書所指出的：「時代的要求，勞動人民極爲豐富和極爲動人的鬥爭，給作家提出了重大的任務，也給作家提供了寬廣的天地，要求原先囿於個人狹小圈子的作家，衝破個人的小圈子，從身邊瑣事和個人悲歡中解放出來，從表現自我，表現資產階級和小資產階級的思想感情，改變爲表現勞動人民。」在這種「集體性／個人性」、「階級性／人性」、「革命鬥爭／日常生活」、「黨性／文學性」的二元對立中，前者乃是被肯定和認同的，而後者則受到嚴厲批判，而這種「集體性」話語顯然與「國家主體」的特殊性相聯繫，而「個人性」話語則與所謂「普遍人性」相聯繫，在這種「人民文學」的建構中沈從文所代表的個人性在被批判的同時導致了作家在文學史上的消失。在新時期語境中，「個人性」和「普遍人性」在新啓蒙的立場下得到重新挖掘，而沈從文也在這種強調「個人性」的背景下復出，因此這種對沈從文的重評，正如重評者自己所反省的那樣是在一種「預先規定了重寫的格局、規模、所能達到的邊線」下的重寫從而具有明顯的當下性，沈從文則是在新啓蒙思潮以個人性對抗專制主義的整體框架下被新時期語境所選擇。在沈從文之後「許多在文學史中被長久埋葬的文學觀念、理論、流派、現象、主張和術語，也都經歷過這種『向死而生』的文學歷程，如『人的文學』、『人道主義』、『感情』、『美感』、『京派文學』、『海派文學』、『鴛鴦蝴蝶派』等等」，而「這是『社會轉型』對『文學史研究』進行『干預』的結果」。〔註10〕因此沈從文重評同樣是社會轉型語境中，日常化敘事對左翼文學敘事反撥背景下現代文學經典重構的「當下性」的體現。只是這種沈從文作爲「京派」文人堅持的「個人性」「文學性」在這種重評中被復活，並且成爲拒絕左翼文學以「階級性」打造的「社會記憶」的切入點，在布迪厄看來，這種「自主性」並不是不與政治和經濟發生關係，恰恰相反的是，必須是在對這兩者的「雙重拒絕」中才可能有「自主性」的生成，「拒絕」是一種更深層的內在聯繫。於是沈從文文學形象變遷中的「去政治化」趨向和「文學性」主張，並不是要完全「無政治化」，而是要調整和理順文學與政治、學術與政治之間的關係，正如布迪厄

〔註10〕程光煒，「孫犁『復活』所牽涉的文學史問題」

所指出的：「知識分子是雙維的人……他們遠非人們通常想像的那樣，處於尋求自主（表現了所謂『純粹的』科學或文學的特點）和尋求政治效用的矛盾之中，而是通過增加他們的自主性（並由此特別增加他們對權力的批評自由），增加他們政治行動的效用……」〔註11〕

4.2 「沈從文熱」的形成

　　根據《中國現當代文學學科概要》的梳理，八十年代現代文學研究大致經歷了四個階段，「70 年代末 80 年代初，文革剛剛過去，最重要的是為『文革』中被打倒的一批作家平反，即所謂撥亂反正時期，學科的恢復因為貼近現實而大受社會的關注；第二階段是 1983 年前後，強調『歷史的美學的結合』試圖重建現代文學學科，除了竭力發掘文學史上被忽略的價值，最大的關心就是『填補空白』和梳理思潮流派脈絡；第三階段是 80 年代中期，回歸五四和強調啓蒙主義立場使現代文學研究脫離意識形態的制約。第四階段就是 80 年代中後期，收穫了一批比較堅實的成果，也普遍意識到現代文學研究中存在的不足，對學科的分期、格局的討論，以及文學史研究整體觀的提出，表明學科進入到自覺調整的時期。」〔註12〕對沈從文的重評幾乎貫穿了現代文學研究的這四個階段，從最初被發掘到文學史形象的確立，沈從文重評基本呈現出新時期文學重評中，自由主義文學的處境和重建中的現代文學格局。

　　實際上，沈從文個人的文學史遭遇已經成為一個縮影，標誌著自由主義作家在左翼文學史觀下的文學處境和歷史定位。新時期的重評中，突然爆發的歷史轉型給予了經典被重新審核、確認的動力。文革主流文學重評顯示新時期文學在處理與文革極左政治相關的文學經典時「去經典化」的明顯思路，與此同時重評還有計劃地展開了對被排除在以左翼文學為線索的現代文學體系之外的作家作品流派得回收。此時海外漢學界對沈從文的歷史定位在對左翼文學史觀的評價標準構成了挑戰的同時，也帶來重評的啓發，而沈從文對「任何形式的政治的迴避和疏離」的自由主義立場一方面使其淪為左翼文學史敘事中的異端受到排斥，另一方面也為他在新時期得到重評埋下了伏筆。七十年代末至八十

〔註11〕〔法〕皮埃爾・布迪厄：《藝術的法則》，劉暉譯，第 396 頁。北京：中央編譯出版社，2001 年。
〔註12〕溫儒敏，《中國現當代文學學科概要》，北京，北京大學出版社，2005 年版，108 頁。

年代初是「從文熱」形成的重要時期，長期被文學史書寫遺忘的沈從文被重新挖掘，因其作品對於「人性」的關注和與「工具論」文學觀大相徑庭的「純文學」追求，很快得到了新時期語境的共鳴，形成了八十年代的「沈從文熱」。

「解放後的中青年讀者知道沈從文的恐怕為數不多，因為他早從文壇隱退，以前的舊作，僅在一九五七年出過一本《沈從文小說選集》，也只印了兩萬多冊，就像灑胡椒麵一樣，早已湮沒無聞。林彪、『四人幫』橫行的十年，整個文壇被夷為瓦礫一堆，等著沈從文的當然只能是不堪忍受的精神和肉體的折磨。」因此，沈從文的重評與其他現代文學作家重評的最大區別在於海外漢學界的啟發和推動。沈從文在國外受到推崇國內卻默默無聞的特殊現象是我們重返新時期文學重評語境的一個重要節點，王瑤對此曾有過描述：「粉碎『四人幫』以後，我們結束了在學術研究和文化藝術上的長期的閉關鎖國狀態，國際間的文化學術交流日漸增多，使我們瞭解到一些國外對中國現代文學的研究情況，也看到了一些他們的出版物和研究成果。由於我國國際地位的提高，我們的文學作品和有關的學術研究成果正在越來越多地引起歐美、日本等許多國家人士的注意，他們發表的有關研究中國現代文學的論文或著作也日益增多，而且其中有一些是有相當高的質量和水平的，可以使我們受到一定的啟發」。〔註13〕早在 20 世紀 20 年代，沈從文就開始為文壇所注意。到 30 年代，沈從文已經擁有廣泛影響。沿著「現代評論派」、「新月派」、「京派」以及自由主義文人集團的發展脈絡，沈從文在三十年代獲得「自由主義作家」的命名，並且作品開始被翻譯在西方傳播。（1936 年到 1979 年之間其具體出版細節見附錄所示）在大陸文學界對沈從文予以迴避的同時，海外漢學界在上述翻譯不斷傳播的基礎上，沈從文研究已經積累了相應的成果〔註14〕，而且「在西方，沈從文的最忠實讀者大多是學術界人士。」〔註15〕

在這些海外的沈從文評論中，影響最大的是夏志清《中國現代小說史》（1961 年英文版初版、1979 年中文版）和香港司馬長風《中國新文學史》中有關沈從文的論述。這兩部文學史在三個方面對沈從文的評價是完全一致的：一、沈從文文學史地位的確立。雖然編寫體例不同，導致兩本文學史的處理方

〔註13〕 王瑤，「關於中國現代文學研究的隨想」，《中國現代文學史論集》，北京大學出版社，1998 年版，第 282 頁。
〔註14〕 詳見附錄二所示。
〔註15〕 金介甫，《沈從文傳》，國家文化出版公司，2005 年版，第 1 頁。

式存在差異：《中國現代小說史》採用列作家專章方式，《中國新文學史》則以不同時期各文體發展狀況爲原則設章，各章又集中介紹作者認爲最具代表性的數種作品集，但在這兩種場合，能進入相關章、節的作家與作品集均屈指可數，具有明顯可見的主觀選擇性。在夏志清小說史中，沈從文以上萬字的篇幅被介紹，而在司馬長風文學史中沈從文幾乎所有代表作，包括《邊城》、《長河》、《湘行散記》、《湘西》，先後七次進入相關章節。並且，二者皆毫無保留地肯定了沈從文在中國現代文學史上的「大家」地位。二、在世界文學視野中確立沈從文形象。前者認爲，在道德意識方面，沈從文「是與華茨華斯、葉慈和福克納等西方作家一樣迫切的」，「是中國最偉大的印象主義者」；後者則推舉沈從文爲中國「短篇小說之王」，猶如莫泊桑之於法國，契訶夫之於俄國。三、作爲上述判斷的根據，則是沈從文對現代人生存處境的深層關懷。夏志清認爲，沈從文肯定了「神話的想像力」是使人類「在現代社會中，唯一能夠保全生命完整的力量」。在具體剖析《蕭蕭》、《會明》、《生》、《夜》等作品的基礎上，指出構成沈從文小說人物世界的兩個系列——鄉村少女和老頭子，「是沈從文用來代表人類純眞的感情和在這澆漓世界中一種不妥協的美的象徵。」而在司馬長風的筆下，無論是對《八駿圖》主題的揭示：「無常的人性，無常的愛，無常的欲，這是《八駿圖》所寫的主題，人一墮無常之綱，便成爲奴隸」，還是對相關作品的激賞：「沈從文將整個的民族，數千年的歷史，濃縮爲心靈的哀歡」（關於（《湘行散記》）；「……《長河》具有這些，但不止這些，還可以聽到時代的鑼鼓，鑒察人性的洞府，生存的喜悅，毀滅的哀愁，從而映現歷史的命運」（關於《長河》），都顯示出一種對沈從文創作新的切入角度：沈從文對民族、人類人性流變的深層關懷。這些海外的沈從文研究〔註16〕對

〔註16〕 研究還包括的普林斯（1968 年寫成博士論文《沈從文，其人其文》），新加坡的王潤華（1977 年寫成論文《論沈從文〈邊城〉的結構、象徵及對比手法》）。金介甫在 1977 年以論文《沈從文筆下的中國》獲得哈佛大學的博士學位，將沈從文在中國現代歷史舞臺上的「地方主義」立場、創作中的地域色彩作爲研究重點。1987 年他又出版沈從文評傳《沈從文的奧德賽歷程（the odyssey of Shen Congwen）》，將沈從文歸入世界大作家之列，認爲沈從文雖然不能與莎士比亞、巴爾扎克、喬伊斯齊名，卻可以超過都德和佛朗斯，其傑作可以與契訶夫的名著媲美，甚至預言「非西方國家的評論家包括中國的在內，總有一天會對沈從文作出公正評價，把沈從文、福樓拜、斯拜恩、普羅斯特看成相等的作家。」此外日本學者小島久代、城谷武男、齊藤大紀、中野知洋、福家道信等在文本細讀和背景材料的搜集、實物考證方面也多有著述。

沈從文以及自由主義作家的定位與「反帝反封建」的大陸現代文學史形成了
一種彼此衝突的特殊景觀，新時期大陸現代文學界沈從文研究的斷層期告一
段落之後，沈從文作品再度掀起了向海外譯介傳播的新熱潮：（見下表所示，
截至於 1982 年）

新時期初期沈從文作品譯介篇目：（1980～1982）

篇　目	語種	譯　者	時間	出　版　物
邊城	法		1980	中國文學
蕭蕭	英	戴乃迭	1980	中國文學
丈夫	英	戴乃迭	1980	中國文學
貴生	英	戴乃迭	1980	中國文學
我的教育	德	沃爾馬特・馬丁、伏爾克・克勞斯合譯，	1980	現代中國短篇小說卷：1919～1949》
在昆明的時候	英	金介甫	1980	海內外
靜	英	夏志清、葉維廉	1981	二十世紀中國短篇小說
白日	英	夏志清、葉維廉		二十世紀中國短篇小說
柏子	英	夏志清、葉維廉		二十世紀中國短篇小說
燈	英	許芥昱	1981	《現代中國短篇小說中篇小說：1919～1949
三個男人和一個女人	英	許芥昱	1981	《現代中國短篇小說中篇小說：1919～1949
蕭蕭	英	尤金・歐陽（譯音）譯	1981	《現代中國短篇小說和中篇小說：1919～1949
橘子園主人和一個老水手	英	南茜・吉布斯	1981	《中國文明和社會》
《邊城及其他》	英	戴乃迭譯	1981	中國文學
雪晴	英	戴乃迭	1982	中國文學
巧秀和冬生	英	戴乃迭	1982	中國文學
傳奇不奇	英	戴乃迭	1982	中國文學
《散文選擇》序	英	戴乃迭	1982	中國文學
中國土地	英	金耳是、白英合	1980	美國

　　除了上述譯作，日本翻譯出版的《中國現代文學》第五卷收入由松枝茂
夫翻譯的《邊城》、《丈夫》、《燈》、《會明》等中短篇小說，由姚克翻譯的《從

文自傳》在英美發行，德國的吳樂素翻譯的《邊城》與沈從文的其他短篇，斯德哥爾摩大學的馬悅然將沈從文小說翻譯成瑞典文，與此同時「法國一位著名的漢學家，在他學生的四本必讀書中，三本是中國古代經典作品，一本是沈從文的小說集，有的大學把沈從文的書列為必修課，那位漢學家叫ROBERT RUHLMAN，中文名字叫做于儒伯。」〔註17〕在沈從文作品不斷被中國研究界挖掘、向海外推介的同時，世界範圍的「沈從文熱」開始成形，關於沈從文研究的工具書也成為海外「沈從文熱」的重要組成。1976年，香港陶齋書屋出版《沈從文資料集》，囊括了沈從文散文以及研究論文、回憶文章共24篇，1978年12月香港實用書局出版《沈從文著作及其研究資料》包括沈從文本人作品7篇，沈從文研究論文24篇，沈從文生平及紀念文章7篇；1980年美國學術界，（美中學術交流會）邀請沈從文到美國東岸到西岸的紐約、康州、哥倫比亞、華盛頓、哈佛、舊金山、芝加哥等城市和十多所大學講學，哥倫比亞大學在歡迎沈從文訪美的海報上稱其為「中國當代最偉大的在世作家」，沈從文分別以《20年代的中國新文學》、《從新文學轉到歷史文物》、《20年代我從事文學的種種和社會背景點滴》為題，重點向美國學術界和文化界介紹自己從事文學創作和文物研究的情況，《華僑日報》、《時代報》、《太平洋週報》、《東西報》等對沈從文訪美進行了關注。同年，尹夢龍主編《海內外》第28期——歡迎沈從文先生訪美專輯，《編者的話》中，把沈從文和魯迅進行對比：「魯迅與沈從文至少有一個共同點，就是對國家和同胞有極強烈的愛，對黑暗和腐敗有強烈的憎。有愛才會有憎，世上絕無孤立的愛或憎。兩人不同的是作風，魯迅外表強調憎，而沈從文外表強調愛。」並說：「正因為魯迅與沈從文各有自己的本色，正是這『本色』令人敬愛。」專輯共收錄關於沈從文的訪問記、印象記14篇，1988年沈從文逝世後《海內外》第60期再發《紀念沈從文先生專輯》，臺灣的《聯合文學》也在1987年1月推出沈從文專號（總策劃鄭樹森，發行人張寶琴）發表沈從文生平2篇，沈從文小說6篇，散文4篇，創作談3篇，作品評論5篇，傳記資料9篇，以及沈從文作品的主要年表。這些研究工具類圖書的出版在很大程度上推動了沈從文研究的展開，1982年在鍾開萊的倡議下，金介甫邀請夏志清、許芥昱和德國的馬漢茂等海外學者聯名向瑞典科學院推薦沈從文為諾貝爾文學獎候選人，標誌著世界範圍的「沈從文熱」的形成。

〔註17〕雷平，「鍾開萊教授談沈從文先生」，《海內外》，第27期。

在海外的沈從文評價中，沈從文的苗族身份和建國後的遭遇受到了研究者的關注，被描述成「少數民族的血液所形成的生理素質和心理素質，個人親歷的人生苦難使他的藝術悟性和直覺思維得到了高度的發展……（他）堅持自己的『偶然＋情感』的創作追求，營造著一塊引人注目、不可或缺的新鮮園地」〔註18〕。因此在作爲一個曾經被新中國國家意識形態流放過的前文學人物出現在海外漢學家的視野中時，沈從文在訪美的演講中甚至需要對此作出回應——「許多在日本美國的朋友，爲我不寫小說而惋惜，事實上不值得惋惜」「在近三十年的社會變動過程中，外面總有傳說我有段時間很委屈很沮喪……那些曾經爲我擔心的好朋友，可以不用再擔心！我活得很健康，這可不是能夠作假！」作爲一個命運波折的作家，沈從文對於五、六十年代的文學際遇的態度贏得了海外學界的好感——「一些作家事後議論，也有過一些大陸來的訪問的藝術家，說了『文革期間』的種種及自己遭遇的一切。但是大家同樣驚奇的發現，沈老幾乎很少很少主動提到『文革』及他幾十年來不同尋常的遭遇，在這裡也顯示出沈老特異的風格。」這種特異風格對於海外學者的影響在金介甫的文章中也得到了印證。

1980 年，金介甫的《沈從文論》發表於《鍾山》第 4 期，並且被當年的人大複印資料現當代文學研究專輯全文轉載，在全國現代文學領域迅速產生影響，作者解釋了海外沈從文熱的形成原因——「我們在海外的人對沈從文感興趣，至少有兩個原因。第一，即使是在歐洲和美國，在中國文學的朋友們中間，他的文學創造力也是有名的。特別是香港的出版商已經重印了沈從文的小說以滿足不止是繼續存在而是在穩定地增長著的海外讀者需求……許多評論家認爲沈從文作爲一個第一流的現代文學作家，僅次於魯迅。他的清新的文筆和來自豐富了他的故事情節的生活經驗而產生的生動素材比其他作家更受重視。中國沒有第二個沈從文。」「第二個原因是他的生活經驗使我們在海外的人吃驚。沈從文彷彿是人的奇蹟，他真的依次相續有過三次生命：「首先，作爲一個青少年時代的兵士。」「其次，作爲一個作家滿足五四運動所喚起的青年大眾的愛國需求；再其次，作爲中國文物藝術史上的一個學者，直到今天，年近八十，還嚴肅認真地、默默地盡他的本分來幫助完成歷史上的檢討，使中國人民得以更好地進行他們的四個現代化。」在這裡金介甫首先顛覆了大陸文學史中沈從文「反動作家」的歷史定位，肯定了他的文學價值

〔註18〕〔美〕金介甫：《沈從文傳》，北京，時事出版社 1991 年版，第 2 頁。

以及其個體人生對於文學創作的重要意義，將其重新塑造爲「國寶」——「是一個工藝美術鑒賞家，而且是作爲給予年輕的藝術家以滋養的人，是對於中國人民那無法挽回的，卻又是難忘的偉大過去的記錄者；是一個鼓舞著，並解放了國內外無數讀者想像力的人；而且還是一個保持他的尊嚴，安靜地進行他的工作的有完整品德的榜樣」。在這裡不難看出，沈從文政治落難後的改行和成功，反而爲他贏得了海外評論家更多的讚賞和尊重。

海外漢學界這種對沈從文的高調「評價」直接推動了國內重評的展開，《鍾山》雜誌發表《沈從文論》之前配發了「編者的話」，暗示出海外「沈從文熱」的意義：「記得誰好像說過『文學是沒有國境的』；好像還有人說過，『文學是人類友誼的橋樑』。無數事實證明，這話的確道出了某些眞理。……十年浩劫，許多中國人已經不再知道，中國曾有過一位作家沈從文；但是沈從文並沒有成爲過去，他的作品仍然繼續在人間開花，結果。金介甫是用外國人的眼光看待中國文化的，他的許多看法和想法我們不必（也不應）苛求。爲了我們祖國文學藝術的繁榮，爲了國際間的友誼，我們覺得更該重視這位美國學者的辛勤勞動。」〔註19〕這段話暗示出國內文學界對海外沈從文研究的看法，以及將沈從文作品視爲「人類友誼橋樑」的意味。海外漢學界的推崇促進了國內文學史對沈從文的挖掘，而海外學者對於沈從文文學家身份之外的個人人格的肯定也同樣是國內新時期語境中主流文化評價沈從文的重要依據，在1985 年 12 月 19 日，爲慶賀沈從文從事文學創作和文物研究六十週年，《光明日報》以頭版頭條的顯著位置，發表了題爲《堅實地站在中華大地上——訪著名老作家沈從文》的長篇專訪，編輯部所加注的「編者按」顯示了主流文化對他的肯定：「年高德劭的沈從文先生，是中國現代文學史上的一位重要作家。50 年代初期，由於歷史的誤解，他中斷了文學創作，改爲從事中國古代文物研究。在這個領域中，他又取得了令世人矚目的成就。然而，他是這般謙虛，這般豁達，這般的不計較個人委屈……堅定地站在祖國的大地上。這一切，正體現了中國知識分子的崇高風範。」由此沈從文在新時期語境中由一個「反動作家」到一個遭受不公卻忠誠愛國的老年知識分子獲得了主流政治的重評，這顯示出文學重評中，沈從文新經典地位的確定是一種轉型期意識形態語境對海外漢學研究成果有意識的選擇，我們在重返八十年代的文學現場時很難不去揣測這種新文學經典的指認，是對沈從文「謙虛豁達」「知識

〔註19〕金介甫，「沈從文論」，《鍾山》，1980 年 4 期。

分子的崇高風範」的嘉許,是對沈從文作爲一個遭受歷史不公者仍然忠誠愛
國表現的一種回應。因此在對以沈從文爲代表的自由主義作家的文學史回收
中,重評雖然表現出對沈從文創作中的「文學性」追求的好感,但這種去意
識形態化的研究方式仍然滲透出周圍政治語境變遷的痕跡。

4.3 「沈從文重評」的「人性」標準

伴隨海外沈從文研究不斷向縱深方向發展,國內的沈從文研究從 1979 年
開始出現,1980 年形成全國性的「沈從文熱」。在國家意識形態轉型中,新時
期政治採用各種方式重新評價文革歷史、左翼歷史,文學重評成爲新時期文
學重建的途徑之一,而重評的對象不但包括與文革極左政治密切相關的文革
主流經典,還要對左翼文學視野中的自由主義文學進行重新評價,沈從文的
復出恰逢其時。

在沈從文的復出中,地處南中國的幾家大型文學刊物與海外漢學界因地
緣關係聯繫較多成爲非常重要的平臺,爲國內重評和海外研究成果的對接提
供了話語場地,《花城》、《鍾山》率先集中發表了一批對以往左傾觀點下的沈
從文評價進行質疑的論文。1980 年第 3 期《花城》發表金介甫《給沈從文的
一封信》,表示「時間對文學的淘汰是一種不可否認的現象,像實踐是檢驗眞
理的唯一標準那樣的道理似的,而先生的代表作品是世界上好多文學者永遠
要看,而且要給自己的子女看的。」同年《花城》第 5 緝發表朱光潛的《從
沈從文的人格看他的藝術風格》,黃永玉的《太陽下的風景──我與沈從文》
等,在前文中,朱光潛從「風格即人格」入手,挖掘了沈從文的民族身份對
他創作的影響,「表現出受過長期壓迫而又富於幻想和敏感的少數民族在心坎
裏的那一股深憂隱痛」,肯定了沈從文人格上的可敬之處:「在當時孳孳不輟
地培育青年作家的老一代作家之中,從文是很突出的一位。」而且從左翼文
學觀念一貫強調的階級屬性來看,沈從文一直以來的「反動作家」定位也有
錯判嫌疑──「從文是窮苦出身,屬於湖南一個少數民族。他的性格中見出
不少少數民族的優點。刻苦耐勞堅忍不拔便是其中之一。」而且「從文不只
是個小說家,而且是個書法家和畫家。他大半生都在從事搜尋和研究民間手
工藝品的工作。」從這幾個層面對沈從文的人格予以肯定從而小心地提升到
藝術層面,《講話》發表以來,左翼文學一直強調民族化、大眾化的文藝道路,

對民間文藝給予了相應的重視，以此爲基點朱光潛對沈從文小說在民族文化的背景下予以謹愼評價——「談到從文的文章風格，那也可能受到他愛好民間手工藝那種審美敏感的影響，特別在描繪細膩而深刻的方面，《翠翠》（應該爲《邊城》筆者注）可以爲例。」〔註20〕1980 年，《新文學史料》第 3、4 期重新發表沈從文三十年代的重要作品《從文自傳》，其後附加了作者新近完成的《附記》，《光明日報》1980 年 11 月 7 日刊登了賈樹牧的《永遠地擁抱自己的工作不放——訪著名文學家、古文物學家沈從文》一文，描述了海外沈從文熱的盛況〔註21〕，在談及沈從文小說時說：「這些作品，多是用一種十分樸素接近語言（願聞如此）的文字寫成的。它充滿了對土地、對人民、對家鄉的熱愛，讀起來令人陶醉，使人神往。」「他從小生活在社會下層，對當地人民的喜怒哀樂、風俗習慣有著深切的瞭解。在他的筆下，橫行鄉里的軍閥，貪婪殘忍的地主，占山爲王的草寇，善良貧困的水手、士兵，能歌善舞的苗女，無不栩栩如生。」無論《從文自傳》還是這一篇專訪，都在展示沈從文的同時呈現出湘西的地域風光，在肯定鄉土描寫特色的方向上給予沈從文小說的藝術價值以相應的肯定。

上述文章在 1980 年引起研究者的注意，並且在海外沈從文藝術成就評價論的啓發下，研究界開始思考近四十年來對沈從文的曲解和誤解，重新評價沈從文的思想和創作，首先在政治上爲沈從文「平反」正名。在最早的成果《沈從文小說的傾向性和藝術特色》中，淩宇提出「在文學發展史上，確有這種情形：隨著時間的推移，那些站不住腳的作品，終於『大江東去』了。但也確有另一種情形：一些尙有價值的東西，不意蒙上歷史的灰塵，湮沒在泥土裏」。「沈從文的小說屬於哪種情形？讓我們打開沈從文的小說創作集，來進行一番研究」，在肯定沈從文創作的藝術價值後，淩宇在文末小心提及「文學作品一旦產生，就成爲一種客觀存在。一個作家之所以値得研究，就因爲他有作品。因此，對於作家，主要的應該把他做爲作家來研究，估價作家在文學上的得失，就應該

〔註20〕 朱光潛，「從沈從文的人格看他的藝術風格」，《花城》，1980 年 5 期。

〔註21〕 朱光潛等，《我所認識的沈從文》，長沙，嶽麓書社，1986 年版，167 頁。原表述如下：「在香港沈從文的選集出了一百多種；美國大學裏，已經有四個人因爲研究沈從文的作品得了博士學位，有三十多個青年研究沈從文的作品獲得碩士學位；在巴黎一所大學的中文系裏，要考取終生中學的中文教員，必讀的四本中文作品，內中就有沈從文一本作品，在香港、日本，正出版或翻譯沈從文的全集和選集。」

從他的作品出發，引出相應的結論。將人分品，以品衡文，必然失之公允。」
〔註22〕凌宇在後來的研究專著《從邊城走向世界》中以相當的篇幅，通過沈從文20～40年代在重大政治問題上的立場及其捲入的文壇論爭的辨析，澄清其政治身份，論證沈從文並非「反動作家」，而是一個既對歷屆軍閥政府及國民黨政府取批判態勢，又與共產黨領導的革命運動保持距離的民主主義者。（這種辨析在西方學者看來是受質疑的，以至金介甫懷疑這是不是文學研究）。為了進一步提供沈從文並非反動作家的證據，一些研究者還從沈從文創作中尋找其政治傾向的進步性，如余永祥在《一幅色彩斑駁的湘西歷史畫卷》一文中指出，沈從文看到了病態社會膚體上的各種毒瘤，強烈地要求改變那「使人不成其為人」的世界，這就使他的作品顯示出不可否認的進步意義；凌宇在分析沈從文小說傾向時，也是從其作品對下層人民生活的逼真描寫及對上流社會的暴露與批判兩個方面立論，來強調書寫的政治正確性。這些研究為沈從文文學史地位的提升準備了充分的前期成果。1983 年，朱光潛重提沈從文的文學成就和歷史地位，「據我所接觸到的文學情報，目前在全世界得到公認的中國新文學家也只有從文和老舍，我相信公是公非，因此有把握地預言從文的文學成就，歷史將會重新評價，而它在歷史文物考古方面的卓越成就，也只會提高而不會淹沒或降低他的文學成就」。〔註23〕

　　1979～1989 年的萬光數據庫檢索結果顯示：以「沈從文」為篇名精確搜索得到的數據 170 篇，以《邊城》為篇名檢索所得數據為 49 篇。在這些研究成果中，以「人性」為切入點解讀沈從文小說成為一種重要的研究取向。在凌宇的沈從文論中，從《邊城》被評價為「這是過去的世界，不是我們的世界」入手，強調「《邊城》正是這樣一部憶舊的作品。作者並非藉此發思古之幽情，實在是現實生活的痛苦曲折的反映。作者從人與人的道德關係著眼，發洩他對黑暗現實的憤懣。……『我過去痛苦的掙扎，受壓抑無可安排的鄉下人對愛情的憧憬，在這個不幸的故事上，方得到排泄與彌補。』因此在《邊城》裏，『他對美的感覺叫他不忍心分析，因為他怕揭露人性的醜惡』。他要保留這種人情美，作為醫治現代社會腐爛的人與人之間關係的良藥。」〔註24〕

〔註22〕凌宇，「沈從文小說創作的傾向性和藝術性」，《現代文學研究叢刊》，1980 年第三期。
〔註23〕朱光潛，「關於沈從文同志的文學成就歷史地位將會重新評價」，《湘江文學》，1983 年第 1 期。
〔註24〕凌宇，「從邊城到長河」花城，1980 年第 5 期。

這裡「人性」成爲凌宇立論的話語基點，而艾曉明在《人的重新發現》中將這一立論角度評價爲沈從文研究的突破，指出「一個偉大作家的精神探求必然是廣闊豐富的。政治思想傾向僅僅是其中的一部分，它不等於世界觀的全部，更不等於作家精神生活的全部。然而沈從文研究近年來踟躕不前，正是因爲人們的目光總是在政治與藝術、進步與局限的二元對立現象上徘徊。」「凌宇獨闢蹊徑，他將沈從文的人生觀念作爲一個更具重要意義的認識對象來探索。這不僅使沈從文的精神個性獲得充滿歷史感地解釋，而且爲作家思想方面的研究打開了新的視野」。這一期間湧現的其他重要成果，研究者也不約而同地以「人性」爲切口重評沈從文，吳立昌在論文《論沈從文筆下的人性美》中（1983）認爲，「對人性的執意追求」，是貫穿沈從文世界觀的一條主線，也是解開沈從文創作之謎的「一把鑰匙」。而且即使是對沈從文的小說提出否定性意見，「人性」也是一個重要缺口。張德林的《怎樣評價〈邊城〉》〔註25〕在肯定了這部小說「寫得精緻、靈巧、含蓄、雋永，充滿了詩情畫意」得同時，認定「《邊城》不是一部革命現實主義小說，它缺少深廣的社會內容和深刻的社會主題」，作家所要刻畫的「並不是現實生活中實際存在的錯綜複雜的社會關係，而是摒棄了一切階級矛盾的『君子國』裏田園牧歌式的『人性美』和『人類之愛』。這種經過作者理想化的小農社會的人間關係，在當時戰亂頻繁，動亂不安的舊中國是很難找到的」，作者「有意迴避社會的階級矛盾，用抽象的人性論來認識，理解、解釋有關的社會問題。」徐葆煜在《〈邊城〉不是現實主義作品》〔註26〕也認爲「作家所極力贊美的人生形式，所表現出來的健康自然的人性，是作家頭腦中主觀臆測出來的，在當時矛盾鬥爭激烈的三十年代，根本就不存在這樣充滿了溫愛的桃源仙境。」

在對沈從文筆下人性的關注中，階級性也成爲研究者考量的對象。吳立昌在《沈從文的「浮沉」與現代文學的研究》中提出了沈從文研究中人性與階級性的關係問題，「比如，目前哲學界、文藝界正在討論的『人性』問題，在讀沈從文作品時，也要經常遇到。他曾經把自己的習作比作是建築一座『精緻，結實，勻稱』的『希臘小廟』，『這神廟供奉的是『人性。』他的代表作中篇小說《邊城》所欲表現的就是一種『優美，健康，自然，而又不悖乎人性的人生形式』。這種『人性』與階級社會裏的階級性關係如何？它包含哪些

〔註25〕張德林，「怎樣評價『邊城』」，《書林》1984 年 1 期。
〔註26〕徐葆煜，「『邊城』不是現實主義作品」，《書林》1984 年第一期。

具體內容？作家又是如何表現的？等等，都有仔細研究的必要。」而孫昌熙、劉西普的研究就顯示出人性標準和階級性標準的結合：「文學並不一般地反對表現人性美，而是反對表現抽象的人性美……根據這一標準，《邊城》寫到翠翠和老船夫等下層勞動人民善良、純樸的美好品質時，這種美好的天性與人物的階級性就統一到一起了，是真實存在的，這種人性美就具備了真實性，起到淨化道德的作用。反之，如果對船總順順等地方權勢，也一味地描寫他們身上的無私、平和和人性美，便是脫離現實的，棄這些人物的階級性而不顧，表現抽象的人性美。由於《邊城》在描寫上把人性普遍化、抽象化，便造成『純粹的人類感情』遮蔽人們的階級性的結果。」〔註 27〕這樣的研究結論顯示出八十年代初期的沈從文研究中即使在堅持五、六十年代形成的階級論立場，也開始以「人性美」為入口，操持「人性論」的批評話語進行作家定位。

　　八十年代中期，凌宇在《從苗漢文化與中西文化的撞擊看沈從文》中，將沈從文的創作提高到文化層面，指出「在沈從文的創作品格中，鮮明地體現著湘西苗族文化、漢族文化、和西方文化三條文化線索的交織。這種交織，是在兩個世紀以來的苗族文化，本世紀二三十年代中西文化的大碰撞中完成的」。凌宇繼而強調這種文化碰撞正是沈從文以生命為核心的人生哲學概念的基礎。趙園的沈從文研究一樣在「人性─文化」心理角度著手，在《沈從文構築的湘西世界》中，趙園申明「湘西世界分別呈現三種狀態：展示健全生命形態的湘西，反映作者審美形態的湘西，包容著重造民族品格願望的湘西」，分別反映了「作者的審美意識和道德意識，作者的審美判斷與文化價值判斷，以及作者的審美追求和社會歷史思考」〔註 28〕趙園尤其強調「城市文化」和「湘西文化」的對照中，沈從文表現出的感情傾向，不能簡單歸結為「懷舊」，而是「人類經歷過而且在經歷的精神矛盾」。所以會從這樣的視角重評沈從文，趙園作出了這樣的解釋：「在我，『遭遇學術』這一事件的嚴重性，使我不能不對那個曖昧的字眼『命運』凜凜然懷著敬畏」「我承認我對現代文學作品的思想史興趣，半是由對象、半是在自己的反思願望中形成的。」（《趙園自選集‧自序》）這一段「夫子自道」顯示八十年代學者們在經歷了文革過後精神的幻滅與殘破感之後在研究對象的選擇中很明顯地融入了個人

〔註27〕孫昌熙、劉西普，「論邊城的思想傾向」，《中國現代文學研究叢刊》，1985 年第 4 期。

〔註28〕趙園，「沈從文構築的湘西世界」，《文學評論》1986 年 6 期。

的人生感受和命運體驗，在研究文學作品的同時也在觀照個人的命運起伏，因此「人性」「精神家園」、「終極關懷」往往成爲溝通研究者和自由主義作家的對接點。程光煒評價這種研究對象的選擇時強調：「我們『今天』所知道的魯迅、沈從文、徐志摩，事實上並不完全是歷史上的魯迅、沈從文和徐志摩，而是根據 80 年代歷史轉折需要和當時文學史家（例如錢理群、王富仁、趙園等）的感情、願望所『重新建構』起來的作家形象。由於剛剛經歷『文革』浩劫，文學史家精神生活和文學生活最缺少的是什麼？就是面對苦難、荒誕時堅持自我的勇氣，就是『純文學』的執著和那種極其浪漫、理想的愛情傳奇。而 80 年代那一代文學史家的生命中是缺乏這些東西的，它們恰恰正是魯迅、沈從文和徐志摩們的強項。」〔註 29〕在重寫文學史思潮中問世的重要成果《中國現代文學三十年》中，沈從文突破了大陸研究界在五、六十年代形成的文學史格局，以專章的形式接受文學的和歷史的雙重考察。這種現象被後來的研究者總結爲：「八十年代現代文學研究界選定的『魯郭茅巴老曹』、沈從文、徐志摩、京派、左翼文學，『啓蒙』思潮需要『魯郭茅巴老曹』、沈從文和徐志摩力挺它『反封建』和『純文學』的敘述架構，它力圖成爲文學研究的主導勢力，越是研究沈從文，便越喚起『深藏在心底部的想像』，『使你禁不住要發生新的陶醉』，『這套《沈從文文集》給我的第一個突出的印象，就是它和這種美好情感的血緣聯繫』。」〔註 30〕研究者關於八十年代兩套文學經典序列的並存和閱讀感受的深入挖掘，顯示出以沈從文爲代表的自由主義作家的重新回收，是一種在新時期語境中，立足於新啓蒙的立場上進行的文學經典選擇，沈從文對「人性」、「文學性」的強調使得這種選擇在新時期對「純文學」的想像中能夠順利展開，於是「八十年代的中國現代文學史就這麼『發現』並『建構』了沈從文。他們通過『敘事』的方式，將這些歷史上『原生態』的形象充分放大、擴張甚至極度浪漫化，不僅安撫了自己的歷史傷痛，填補了自己精神生活的空白，同時，把歷史上當時可能非常文人化和散漫無序的中國現代文學史，『整合』到這一戰鬥的、純文學的同時又是非常浪漫和理想化的『文學傳統』中去，變成一種權威性的歷史敘事」。〔註 31〕

　　同樣是被海外漢學研究者夏志清發掘的左翼作家張天翼，在「重寫文學

〔註 29〕程光煒，「新世紀文學『建構』所隱含的諸多問題」，《文藝爭鳴》，2007 年第 2 期。

〔註 30〕轉引自程光煒，「新世紀文學『建構』所隱含的諸多問題」

〔註 31〕轉引自程光煒，「新世紀文學『建構』所隱含的諸多問題」

史」思潮中的文學史境遇明顯不同於沈從文。儘管夏志清對其評價很高，但在八十年代的思想解放以及新啓蒙的文化語境中，革命文學的階級傾向、意識形態化、左翼敘事的現實功利性都在新啓蒙去政治化的研究目標中被過濾掉，所以張天翼「左翼文學新人」的身份以及階級敘事很難在「人道主義」、「新啓蒙」等強勢話語的衝擊下引起關注。因此無論是「沈從文熱」還是張天翼的被冷落，都不是單一的文學力量選擇的結果，對於這些曾經長期處於邊緣的作家的發現、回收及其經典地位的構造過程中，一種足以與「政治學的現代文學史研究」範式相抗衡的「純文學式現代文學史研究」有機會成爲八十年代學科研究專業化的一種手段並被確立爲新的研究範式。一如阿諾德·克拉普特的研究顯示的：「經典，從不是一種對被認爲或據稱是最好的作品的單純選擇；更確切地說，它是那些看上去能更好的傳達與維繫占主導地位的社會秩序的特定的語言產品的體制化。」〔註32〕而以沈從文爲代表的自由主義作家的在文學重評中得到正名，也只是新啓蒙的話語場域中，文學性審美性和新時期文學策略多種力量交相作用的結果。這種文學史現象恰好解釋了阿諾德·豪塞爾的說法：有一件事似乎是確實的，即不論是埃斯庫羅斯還是塞萬提斯，不論是莎世比亞還是喬托或拉斐爾，都不會同意我們對他們作品的解釋。我們對過去文化成就所得到的一種理解，僅僅，是把某種要點從它的起源中分裂出來，並放置在我們自己的世界觀的範圍內而得來的……〔註33〕在八十年代的現代文學經典重構工程中，這些新文學經典的確立者不僅對於具體篇目的入圍備選發揮作用，而且爲這些作品的解讀方式立法，作爲一種「經典闡釋」規約著讀者的閱讀與接受，而這種被重構的經典和經典闡釋方式在具體的文學史書寫中得到經典化，成爲「經典」的重要組成。而在這種經典重構中進行的純文學想像，也顯示出純文學不過如伊格爾頓所說的——在意識形態化的語境中，「生產藝術作品的物質歷史幾乎就刻寫在作品的肌質和結構、句子樣式或敘事角度的作用、韻律的選擇或修辭手法裏。」〔註34〕

〔註32〕阿諾德·施拉普特，「美國本土文學與經典」，樂黛雲主編，《北美中國古典文學研究名家十年文選》，江蘇人民出版社，1996 年版，第 57 頁。

〔註33〕阿諾德·豪塞爾，《藝術史的哲學》，北京，中國社會科學出版社，1992 年版，234 頁。

〔註34〕伊格爾頓著，馬海良譯：《歷史中的政治、哲學、愛欲》，北京，中国社會科學出版社，1999 年版，第 114 頁。

第 5 章　重評與大陸的文學史寫作

　　重評和文學史重寫是現代文學知識生產和學科積累的重要方式。「據考，第一部中國文學史於 1910 年公開出版；80 餘年之後，面世的中國文學史已經近 900 部。〔註1〕這個「驚人的數字在證明文學史的寫作隱含了非凡的吸引力」的同時，也顯示出文學史的不穩定性以及重寫的不斷發生。克羅齊在提出「一切歷史都是當代史」命題時曾經特別指出：「沒有一部歷史能使我們完全得到滿足，因為我們的任何營造都會產生新的事實和新的問題，要求新的解決。因此，羅馬史、希臘史、基督教史、宗教改革史、法國革命史、哲學史、文學史以及其他一切題目的歷史總是經常被重寫，總是重寫得不一樣」。〔註2〕這種觀點向我們提供了重評、重寫發生的理論根源。

　　1977 年底，北京大學中文系聯繫其他高校舉辦關於「兩個口號」論爭以及「30 年代文藝」等問題的討論會，繼而蘭州、廈門等地先後召開討論會，圍繞文革中作出的重大的文學史判斷開展研討，努力澄清史實，顯示出文學重評的政治「平反」意味。伴隨著文學研究的撥亂反正，在文學體制的話語激勵下成為矚目焦點的「知識分子」的專業性、知識性的研究立場在當時被推崇，研究也努力「發掘文學史上被忽略的價值」，「填補空白和梳理思想流派脈絡」，出現大量的史料成為這一階段現代文學研究的重要趨向。「在一九

〔註1〕據黃山書社 1986 年出版的《中國文學史書目提要》（陳玉堂編）統計，1949
　　　　年之前的各種文學史著作已經有 300 餘種；遼寧大學出版社 1992 年出版的《中
　　　　國文學史著版本概覽》（吉平平、黃曉靜編）統計，1949 至 1991 年出版的各
　　　　類文學史著作多達 578 部。第一部中國文學史為林傳甲的《中國文學史》，參
　　　　見《中國文學史著版本概覽》鍾林斌《序》。
〔註2〕克羅齊，《歷史學的理論和實踐》，傅任敢譯，上海，商務印書館，1982 年版。

八○年發表的一千多篇有關現代文學的文章中，有七百篇是屬於史料性質的文章。其中，像紀念「左聯」成立五十週年的七十多篇文章中，史料性的文章有近六十篇；文學史料收集整理工作的廣泛展開，成為一九八○年現代文學研究的一個引人注目的特點。」福柯曾提醒人們，歷史檔案並非人們想像得那樣雜亂無章，那些看似混亂的資料堆積。其實是一種有意圖的歷史分析。因此在歷史現場的還原中，大量的史料呈現出長期被左翼文學史觀忽略的文學現實以及文學研究視野拓寬的動向，而且這些研究成果直接體現在現代文學作家傳略的編纂中。1978 年徐州師範學院邀請 70 多位健在的老作家撰寫自傳，同時收集已故作家的自傳，彙編成《中國現代作家傳略》兩冊印行，在目錄編排上，魯迅、郭沫若、茅盾、巴金居前四位，其餘作家均以姓氏筆劃排序，丁玲、馬烽、卞之琳、馮至、艾青等在五六十年代收到批判的作家位列前二十，老舍、楊朔、楊沫等在文革時期受到極左政治衝擊的作家也被收錄。同一年，北京語言學院教員編寫《中國文學家辭典》現代第一分冊，選錄作家 405 人，第二分冊選錄作家 582 人，第三、四分冊 1985 年經由四川人民出版社發行，影響幾乎波及所有現代文學學者，共收錄 1195 位「五四」以來在各階段有過一定影響甚至仍然存在巨大爭議的作家。這些現代文學研究成果以歷史再現的方式實現文學重評，成為八十年代中期大陸現代文學史重寫的重要資源和推動力，顯示出擴充文學史的鮮明意向，是文學觀念和文學研究方式變革後的產物。

「重寫文學史」作為波及整個新時期十數年的浩大思潮，無疑在舊版本與新版本文學史的過渡背後顯示著「權力話語的作用軌跡」。「文學史的知識彙集——諸如作家的籍貫與生卒年，作品的篇名與版本，某些文學社團的成員人數，某些文學派別的淵源——背後『存在』一個文學話語的控制系統」，〔註3〕而這樣的「控制系統」在參與了文學重評技術層面的具體操作時，究竟以何種方式實現了文學重評成果的文學史化，現代文學史經典秩序的重構又昭示了文學研究核心思維的那些變化，回顧新時期大陸現代文學史的重寫，在對這種兼具「文學」「歷史」兩種身份特徵的學科研究軌跡的梳理中，我們可以嘗試反思學科自身建構的細節和歷史以及它如何具體地參與到新時期話語合法性建構。

〔註3〕 南帆，「文學史與經典」，《文藝理論研究》，1998 年第五期。

5.1　現代文學的「現代」內涵

　　在七、八十年代之交的國家政治文化生活中，文學史作爲教科書承擔著重要的主流話語宣講任務，伴隨著政治變革形成的各種理論、觀念和思潮，都曾經作爲某種資源爲現代文學學科的重建助力，在國家意識形態轉型中，現代文學成爲一門「顯學」，與新時期「思想解放」和文藝界「撥亂反正」同時進行的現代文學學科重建，實際上是基於社會和思想轉型語境的多重重建，這種撥亂反正不僅僅是對五六十年代學科體制和學術觀念的恢復，同樣也展開了對現代文學核心概念的反思和重建。

　　嚴格意義上講，失去「當代文學」概念的對應「現代文學」就難以生成意義。馬克思主義的重要批評策略之一就是「把歷史當作重要的出發點來理解文化生產、批評概念、意識形態、政治和社會的範疇。」〔註 4〕在這樣的理論資源支持下回返歷史現場，考察現代文學研究的學科化歷程就不難發現如下事實：「與『五四』時期新文學的誕生一樣，『當代文學』的出現主要不是對一種文學實體的描述與歸納，而是左翼文壇借助對文學歷史的重敘，通過對文學現狀的判斷與篩選、構想、召喚並將之生產出來的一種新文學。」〔註 5〕當代文學的建構以及合法化與建國後新文學經典秩序的確立是同步展開的，在一套相同的歷史座標中得到主流意識形態的確認和命名，並且在「人們爲控制這些象徵和符號」而進行的不斷「爭鬥」和話語交鋒、博弈中「具有權威性」。〔註 6〕作爲象徵符號的當代文學敘述和現代文學經典指認所經歷的「不斷的爭鬥」中，顯而易見不能夠排除政治鬥爭在內的諸種權力關係的競爭。這種複雜而不間斷的鬥爭使得「文學經典秩序的確立，……是在複雜的文化系統中進行的，在審定、確立的過程中，經過持續不斷地衝突、爭辯、調和，逐步形成作爲這種審定的標準和依據，構成一個時期的文學（文化）的成規。」〔註 7〕

〔註 4〕　張京媛，《新歷史主義與文學批評・前言》，北京，北京大學出版社，1993 年版，第 1 頁。

〔註 5〕　賀桂梅，「當代文學的構造及其合法性依據」，《海南師院學報》，2006 年第四期。

〔註 6〕　原表述爲「象徵符號之所以具有權威性，正式人們爲了控制這些象徵和符號而不斷地互相爭鬥」，杜贊奇，《文化權力與國家——1900～1942 年的華北農村》，王福明譯，南京，江蘇人民出版社，1994 年版。

〔註 7〕　洪子誠，《文學的歷史的敘述》，開封，河南大學出版社，2005 年版，第 92 頁。

　　1960 年，中國社會科學院文學研究所編寫的《十年來的新中國文學》從四個方面論述了當代文學在十年中的成績及其所具備的社會主義性質：「首先，新中國的文學具有我國過去的文學歷史上所從未有過的新的精神和新的內容；其次，我國文學的風格和形式，有了符合勞動人民要求的重要的發展，這就是進一步的民族化和群眾化；再次，我國已經有了一隻以工人階級爲骨幹的作家隊伍；最後文學作品的讀者對象、文學在社會生活中地位、作用和影響，也發生了有利於勞動人民的重大的新的變化。」〔註8〕這種對現當代文學成就的高度評價和對其性質的全面肯定，同時意味著對現代文學性質的判斷。社會主義革命與新民主主義革命在進化史觀的視野觀照下的等級差異決定了現代文學與當代文學的文學史等級，當代文學因此成爲比現代文學更高級更純粹的文學範疇。在周揚等組織唐弢主編的《中國現代文學史》中，將「現代文學／當代文學」等級框架下的現代文學定義爲：「中國現代文學是無產階級領導的人民大眾的反帝反封建的新民主主義文學」，「具有新民主主義統一戰線的性質」：「包含多種階級成分——無產階級、資產階級、小資產階級參與的封建文學和法西斯文學。」〔註9〕而當代文學作爲在新民主主義文學基礎上發展起來的社會主義文學，是一種共和國成立後伴隨著新政權實體誕生而同時出現的「全新的話語結構，姑且稱之爲革命話語。它將攜一切革命的威力，掃蕩一切文化藝術表述中的封建階級、資產階級的成分」，「它的創建過程是一個揚棄過程，即以一種征服的方式從舊話語的瓦礫中拾取可用的磚石，將之砌入新話語的大廈，但是這種揚棄過程與其說是一種契合，不如說是一種熔製：凡是好的就吸收，凡是糟粕就剔除，新的話語結構從本質上是全新的，與舊的話語結構針鋒相對。」〔註10〕經過這樣的揚棄，當代文學成爲「更高級的文學、前所未有的文學」。

　　八十年代的重評和重寫文學史中，「所謂重寫，與政治上的否定『文革』撥亂反正相呼應，開始主要是指對『文革』文學史的重寫，接下來，由於『文革』文學與十七年文學乃至延安文學、30 年代左翼文學在知識譜系上的聯繫，同時也伴隨文學主潮由傷痕文學轉向反思文學，對『文革』的批判轉向爲對

〔註8〕《十年來的新中國文學》，北京，作家出版社，1963 年版，21〜24 頁。
〔註9〕唐弢，《中國現代文學史緒論》，北京，人民文學出版社，1979 年版，第 8 頁。
〔註10〕馬君驍，「上海姑娘——革命女性及觀看問題」，見唐小兵主編《再解讀——大眾文藝與意識形態》，北京，北京大學出版社，2007 年版。

『文革』前或導致『文革』的更爲久遠的革命歷史的反思。」〔註11〕在這一貫穿了八十年代始末的「重寫」思潮中，李澤厚在 1986 年發表的《啓蒙與救亡的雙重變奏》被稱爲重寫行爲的「綱領性文件」。〔註12〕「救亡壓倒啓蒙」爲「文革」提供了一個爲八十年代廣泛接受的結論——封建主義的復辟，「救亡壓倒啓蒙」的嚴重後果使得新時期以遲到的啓蒙時代的經典形象出現，「傳統／現代」、「救亡／啓蒙」的對立和潛在意味成爲新時期新啓蒙主義的權威解釋，也爲「新啓蒙」成爲 80 年代主流話語找到了合法性依據。在「救亡壓倒啓蒙」的背後，存在一個自然的推理，即新時期與五四時期的天然歷史聯繫及其相似性，「文革」作爲第二個封建時期被有效隔離，那麼新時期作爲第二個「五四」就成爲 80 年代現代化運動的歷史依據，這種首尾銜接的歷史循環被迅速應用到八十年代的文學史重寫中，將五、六十年代完成的文學史書寫視爲「啓蒙被壓抑」的革命化書寫進行改寫。這種在「救亡壓倒啓蒙」參與下完成的新的歷史敘述成爲文學史重寫的理想鏡像。與在「封建主義復辟」的歷史結論下被有效隔離的毛澤東時代一樣，在被否定的革命時代完成的當代文學價值體系和經典秩序成爲新時期文學史重寫的對象，「重寫文學史」的目標就在於解構「一個自五十年代初形成的中國現代文學研究的體制和話語，以及由此派生出來的在中華人民共和國建國十週年左右的五十年代末期形成的中國當代文學研究的體制和話語」。〔註13〕在新時期成爲「第二個五四」的歷史背景下，如何確立「現代文學」的「現代內涵」成爲最早引起關注的文學史問題，關係到整個現代文學的歷史範圍和研究格局。

　　1980 年，嚴家炎發表了一系列文章探討建國以後現代文學歷史書寫的相關問題。在《從歷史實際出發，還事物本來面目——中國現代文學史研究筆談之一》中，作者表示「建國以來，曾經出版過多種《中國現代文學史》，這些著作名爲『中國』，卻只講漢族，不講少數民族；名爲『現代文學』，實際上只講新文學，不講這一階段同時存在著的舊文學，不講鴛鴦蝴蝶派文學，也不講國民黨御用文學，即使在新文學中，資產階級文學也講得少；名爲『文學史』，實際上偏重講的是作品的思想內容，文學本身包括體裁的變遷、風格流派的演變等講得很少，至於『史』的發展脈絡，文化上和文學上的種種演

〔註11〕溫儒敏，《中國現當代文學學科概要》，北京，北京大學出版社，2005 年版。
〔註12〕賀桂梅，《人文學的想像力》，開封，河南大學出版社，2005 年版，第 59 頁。
〔註13〕張頤武，「重寫文學史：個人主體的焦慮」，《天津社會科學》，1996 年第四期。

變聯繫，以及文學發展的規律、經驗幾乎絕少觸及。」而且要想在新的文學史書寫中，有效地解決這樣「名不副實」的問題，就需要先來面對諸如「衡量『五四』到新中國成立前這階段文學，究竟用什麼樣的標準？用社會主義標準，還是用新民主主義標準？」之類的疑問。﹝註 14﹞在這裡，嚴家炎顯示出鮮明的學術立場，即「現代」首先是時間意義上的存在，因此不僅具有社會主義性質的左翼文學應該是現代文學歷史書寫的主體，具有反帝反封建總傾向的小資產階級、資產階級文學，以及出現在五四文學革命之後的舊文學都是處於「現代」的統轄之下，理應被寫入現代文學史，而且「真正的文學史，存在於文學作品和文學理論批評史料中。」﹝註 15﹞

　　嚴家炎的看法並沒有得到另一重要學者唐弢的完全認同，在為嚴家炎的論文集《求實集》所作的序言中，唐弢先肯定了對方在《魯迅小說的歷史地位》中的觀點，「從『五四』時期起，我們開始有了真正的現代意義上的文學，有了和世界各國取得共同語言的新文學……中國新文學之所以在內容上也能當之無愧地稱得起是現代化的文學，同魯迅小說所開闢的這個優良傳統，有著十分密切的關係。」繼而唐弢表達了對嚴家炎拓展現代文學史疆界做法的質疑——「在我看來，文學首先應當是文學，而不是政治文件、思想彙報、教科書、新聞紀事、宣傳材料……。文學和這些的確有聯繫，有交融，但它首先是語言的藝術，是作家運用語言表現生活形象的富有感染力的藝術品。」在這裡唐弢確立了文學評價的標準，即以「運用語言表現生活形象的富有感染力的藝術品」為尺度首先確立現代文學史應該具有的邊界，然後再來落實「現代文學」的意義範疇——「現代文學是從內容到形式，都具有真正現代意義的文學，它只能是近代思想影響下『五四』的產物。」從而，唐弢彰顯了自己的研究觀點「贊成中國現代文學史開拓其研究的領域……不過開拓也不是漫無邊際的事情，它有一個界限」，而這一界限就是「現代」，「『五四』文學運動之所以稱為文學革命，稱為新文學，就因為從內容到形式，這種文

﹝註 14﹞ 嚴家炎，「從歷史實際出發，還事物本來面目——中國現代文學史研究筆談之一」，《求實集》，北京，北京大學出版社，1983 年版，1 頁。

﹝註 15﹞ 姚雪垠也曾經提出相似觀點，即「中國現代文學史除目前通行的編寫方法外，還應有另一種『大文學史』的編寫方法，其中包括『『五四』新文學運動以來的舊體詩詞』，『民國初年和『五四』以後的章回體小說家』等等，『仍以『五四』以來文學主流為骨架，旁及主流之外的各派作家和詩人』，以求更「全面地反映我國近半個世紀來的文學運動情況」，載於《社會科學戰線》1980 年第 2 期。

學都有不同於過去的一點新的意義——現代意義。」因此，現代文學無論是形式還是內容都要求顯示出與傳統斷裂的重要意義，並非僅僅是白話文形式或是與新文學是共時性關係就可以完成現代文學的確認——「如果單講形式，清末就出過一套《白話叢書》，其中《女誡注釋》的序文說『梅侶做成了《女誡》的注釋，請吳芙作序，吳芙就提起筆來寫道，從古以來，女人有名氣的極多要算曹大家第一，曹大家是女人當中的孔夫子，《女誡》是女人最要緊念的書。』……白話雖是白話，卻完全套用了古文腐朽的格調。鴛鴦蝴蝶派裏的白話小說，也有一套不從生活出發，脫離口語去描寫愛情的陳詞爛調，毫無新氣息，算不了現代文學。」「如果單講內容，魯迅的文言小說《懷舊》具有全新的意義，創作精神和後來的《吶喊》《彷徨》一脈相通，比梁啓超、林紓的小說高明得多。但我們說中國現代文學的第一篇小說還是提《狂人日記》而不提《懷舊》，因為後者運用的是文言。」

　　上邊這兩段觀點衝突的表述實際上顯示出不同學者對於現代文學的「現代內涵」的不同把握：時間意義和與傳統相決裂的「革命」意義。儘管兩者之間存在分歧，但是相對於建國後現代文學評價所操持的「社會主義文學」標準，兩人學術思考的基點卻存在一致。嚴家炎在同系列的另一篇論文《現代文學的評價標準》中以列寧的歷史主義觀點爲座標，強調「判斷歷史的功績，不是根據歷史活動家沒有提供現代所要求的東西，而是根據他們比他們的前輩提供了新的東西」，針對「歷史評價」與「現實評價」的「剪刀差」進行評述，努力推導出入圍現代文學研究領域的作品資格標準。

　　「姚文元認爲『既要從歷史觀點去評價作品，不割斷歷史，又必須正視今天巴金同志的作品在青年中所產生的實際影響，劃清無產階級和資產階級、馬克思主義和無政府主義、共產主義和個人主義的思想界限』他有一段至關重要的論述：『討論巴金同志的作品有什麼重要意義？今天我們處於一個全新的歷史時期。反帝反封建的新民主主義革命早已過去了，社會主義革命也已取得決定性的勝利（還要繼續完成），我們正處於一個加速社會主義建設、爲過渡到共產主義積極準備條件的偉大時代。中國土地上已經沒有高家了，克明那一幫人正在勞動改造，不許他們亂說亂動。在這樣的條件下，《家》中的積極作用、進步作用只存在歷史意義而失去了它的現實意義』。」繼而嚴家炎質疑了這種看法，「在姚文元看來，《家》的積極作用、進步作用隨著新民主主義革命結束而早已過去，從現實的標準看，它只已剩下那些和今天共

產主義思想尖銳地對立著的『消極的』、『錯誤的』東西，因而害處特別大，必須予以批判的標準。也就是說，用歷史標準衡量起來是正數的，用現實標準衡量卻成了負數。」〔註16〕實際上，無論是嚴家炎還是唐弢都質疑建國後現代文學研究的社會主義標準，「用社會主義標準還是用新民主主義標準？這彷彿不應成為問題，然而在過去一段時間內，實際上卻成為很大的問題。五十年代中期起，社會主義文學的線索被描繪得愈來愈鮮明、突出，中國現代文學史愈來愈被描寫成社會主義文學發生、發展的歷史」，這種疑問的提出在一定程度上是對於「現代文學／當代文學」標準的後撤，對現代文學評價中的社會主義文學標準的質疑，以及對於當代文學生成過程中實現的現代文學歷史書寫的某些新的不滿足。無論是唐弢將現代文學理解為相對於傳統內容和性質的「進步」，還是嚴家炎強調的「現代」是一個時間標誌，都將「五四」新文學向世界文學格局靠攏，都是在八十年代初期現代化語境中作出的現代文學的「現代性」解讀。

二十世紀八十年代，是中國自近代以來第二次睜開眼看世界，我們在震驚於中國與世界（西方）的巨大差距的同時，意識到惟有追趕世界的現代化潮流才是我們唯一的出路，「改革開放」成為國家意識形態轉型後追尋現代化的最具政治合法性和現實效力的手段和途徑，八十年代初期在這種社會轉型語境下的文學創作主題體現為「文明與愚昧的衝突」形象地揭示出「現代化」的恒久誘惑以及「前現代／現代」之間清晰的二元對立思維框架。歷史學家在回顧八十年代中國近現代歷史學研究範式轉型時強調：「這種新範式與舊範式的最大不同，就在於它更主要是從『現代化』的角度來看待分析中國近代史，而不僅僅把中國近代史看作是一場革命史」，「一百年來的中國近代史其實是一場現代化史」〔註17〕，研究中共黨史的學術權威也發表了「五四運動是中國走向現代化的全面啟動」的觀點〔註18〕，標誌著革命史被現代化史取代已經成為歷史學研究的共識。伊格爾頓在《馬克思主義與文學批評》中把文學生產解析為「物質生產」「意識形態生產」兩個維度，在他看來，「意識

〔註16〕嚴家炎「現代文學的評價標準問題」，《求實集》，北京，北京大學出版社，1983年版，20頁。

〔註17〕雷頤，「總序：為了前瞻的回顧」，馮林編《重新認識百年中國——近代史熱點問題的研究與爭鳴》上冊，北京，改革出版社，1998年版，第2頁。

〔註18〕彭明，「五四運動與二十世紀中國」，《中共黨史研究》，1999年第三期。

形態」是指「我們所說的和所信的東西與我們居於其中的社會權力結構（power-structure）和權力關係（power-relation）相聯繫的那些方面。它並非簡單地指人們所持有的那些深固的、經常是無意識的信念，主要指的是那些感覺、評價、認識和信仰模式，它們與社會權力的維持和再生產有某種關係」，而「文學，就我們所繼承的這一詞的含義來說，就是一種意識形態」。〔註19〕正因為如此，「所有文學和批評都已喪失了獨立於社會之外，可以超然地對社會進行批評的有利位置，所以也就如同其他社會實踐一樣，注定要陷入那個產生它們的權力關係的領域之中。簡而言之，文學與批評並不佔據一個脫離政治壓力的超然空間，而是不可避免地從屬於政治壓力。所有文學史的構成皆是政治性的」，〔註20〕而這時候唐弢和嚴家炎對於現代文學現代內涵的界定首先突出了「現代」概念的崇高感和神聖性，與整個新時期的現代化追求相協調，突出其相對於「傳統」的特殊性。而且兩人的具體理解雖有分歧，但是由於對五・六十年代現代文學史書寫中的社會主義文學標準的懸置，兩人都在新文學政治性質的純粹性上模糊了建國後逐漸形成的政治合法性是文學評價的最高準則的文學史操作慣例，在對「現代」的嶄新理解中強調了歷史主義的美學的評價方式，拓展了學術研究的範圍，更新了現代文學的知識內涵。

關於「現代文學」的現代內涵的界定，反映了「文學現代化」的思維的生成和影響以及八十年代的文學重評中對於五六十年代形成的評價體系的調整。文學史寫作既非純粹的理論研究，又非單純的現象羅列，作為一種新的文學想像方式的體現，它的核心問題不是客觀地陳述文學發生、發展和變化，而是通過歷史敘述確定新文學起源的合理性，進而提供建構新的文學觀念的資源。因此只有象本雅明提醒的那樣「不是要把文學作品與他們的時代聯繫起來，而是要與它們的產生，即它們被認識的時代聯繫起來，這樣文學才能成為歷史的機體。使文學成為歷史的機體而不是史學的素材庫，乃是文學史的任務。」〔註21〕汪暉指出過 80 年代知識範型的一個本質特點，「中國現代

〔註19〕特里・伊格爾頓，《二十世紀西方文學理論》，西安，陝西師範大學出版社，1986 年版，第 17 頁。

〔註20〕布魯克・托馬斯，「新歷史主義與其他過時話題」，《新歷史主義與文學批評》北京，北京大學出版社，1993 年版，第 71 頁。

〔註21〕本雅明，「文學史與文學學」，《經驗與貧乏》，天津，百花文藝出版社，1999 年版，244～251 頁。

性話語的主要特徵之一，就是訴諸『中國／西方』、『傳統／現代』的二元對立的語式來對中國問題進行分析。」〔註22〕因此這種文學研究思維方式的更新與現代化作為國家意識形態被主流文化確定為基本國策是同步進行的，「在改革已經成為社會主流意識形態以後，中國知識文化場域相對自主性的首要問題就在於，必須避免使知識文化場域完全服從於改革的需要，防止知識文化場域成為單純為改革服務的工具，尤其必須避免以是否有利於改革作為衡量知識文化場域的根本甚至唯一標準和尺度。不然的話，知識文化場域就會純粹成為改革意識形態的喉舌和工具，失去其自主性。但問題恰恰在於，知識分子出於支持改革的熱忱，往往會不由自主地從強烈的改革意識形態出發，把是否有利和促進改革作為衡量知識文化場域的先決標準，從而無法堅持知識文化場域的自主性。」〔註23〕因此，這種文學史研究的現代化思路在某種程度上也成為國家意識形態轉型的一部分。

在同一個「傳統」參照下，唐弢與嚴家炎的不同看法只是訴諸於「現代」的不同角度，這就意味著兩者之間的差異僅僅在於現代文學研究幅面的寬與窄，文學重評對象的多與寡，以及不同作家「復出」的可能性的大與小而已。但是強調「現代意識」對五四以來中國文學的重要意義，以及它「不僅是新文學發展的總主題」也是「八十年代的文學精神」的文學史觀點，顯示出研究者「站在時代的高度把時代精神融合進對文學史的評價」的研究方式。〔註24〕這種研究變化被樊駿概括為「近幾年來的研究成果開始逐漸顯示出新的時代精神和特點，即具有了當代性，這集中地表現在對於什麼是中國現代文學（包括它的內容、性質、特徵、範圍等）的新的理解中，從原先的著眼於反帝反封建的政治內容的現代文學觀，到如今的既突出現代意義又強調文學特徵的現代文學觀，無疑是基本觀念上全面而深刻的變革，因此也必然從不同的角度和方面給現代文學研究工作帶來了不同於過去的面貌」從而「具備了現代文學研究的當代性。」〔註25〕甘陽曾經表示「一向反對用所謂『新啓蒙』來

〔註22〕汪暉，「當代中國的思想狀況與現代性問題」，原載《天涯》1997 年第 5 期。收入許紀霖編《二十世紀中國思想史論》，第 617 頁。上海：東方出版中心，2000 年。

〔註23〕甘陽，「十年來的知識場域」，引自 http://bbs.sachina.pku.edu.cn/archiver/tid-1138.html

〔註24〕陳思和，《中國新文學整體觀》，上海，上海文藝出版社，1987 年版第 45 頁。

〔註25〕樊駿，「論中國現代文學研究的當代性」，《中國現代文學論集》，北京，人民文學出版社，2006 年版。

概括從 80 年代到 90 年代的中國知識文化狀況。因為這種『新啓蒙』視野實際上是用改革意識形態來全面牢籠知識文化場域，而且往往強烈地用是否有利改革、有利現代化來規範和裁判知識文化場域的問題和討論」，〔註 26〕在這個意義上講，現代文學的「現代化」內涵也同樣無法擺脫這種「新啓蒙」的陰影。

5.2　重評中的「現代化」標準

　　誠如酒井直樹指出的，「前現代—現代—後現代的序列暗示了一種時間順序，我們必須記住，這個秩序從來都是同現代世界的地緣政治構造結合在一起的。現在眾所周知的是，這個秩序基本上是十九世紀的歷史框架，人們通過這個框架來理解民族、文化、傳統和種族在這個系統裏的位置……『前現代』和『現代』的在歷史和地緣政治上配對組合卻早已成為知識話語的組要組織手段（organizing apparatus）之一。」〔註 27〕新時期「前現代」和「現代」作為知識話語的組織手段參與進國家意識形態轉型，「現代化」話語成為一個非常重要的支點支持著新時期政治的合法化：《決議》在完成了文革性質的界定之餘也表示「我們黨在新的歷史時期的奮鬥目標，就是要把我們的國家逐步建設成為具有現代農業、現代工業、現代國防和現代科學技術的，具有高度民主和高度文明的社會主義強國。」在批判文革封建專制主義之後提出「民主」「文明」的新目標，顯示了主流政治告別過去（傳統）走向未來（現代）的出發點，〔註 28〕也開啓了整個國家意識形態由五、六十年代的革命意識形態向新時期的現代化意識形態的轉型。

　　在對現代文學「現代」意義的解讀中，新啓蒙主義者們將五四作為新時期的天然參照，由「救亡壓倒啓蒙」推演出「現代／前現代」「文明／愚昧」「進步／落後」等一系列衍生的二元對立，十七年時期的當代文學評價標準作為反啓蒙的「前現代」時代產物被否定，現代化話語成為重寫文學史的標準。錢理群在談及八十年代文學史觀念的變化時強調：「從這幾年現代文學的

〔註 26〕甘陽，「十年來的知識場域」，引自 http://bbs.sachina.pku.edu.cn/archiver/tid-1138.html

〔註 27〕酒井直樹，「現代性與其批判：普遍主義與特殊主義的問題」，白培德譯《臺灣研究季刊》1998 年 6 月號

〔註 28〕《三中全會以來重要文獻選編》（下）中共中央文獻研究室編，北京，人民出版社，1982 年版。

研究狀況來看，最早是撥亂反正，提出不要用『無產階級文學』的標準要求新民主主義革命時期的文學，要用『反帝反封建』作爲標準來研究現代文學。範圍一下子擴大了許多，以前不能講的作家作品、文學現象，只要是『反帝反封建』的，都可以講了。但這還只是用比較寬泛一點的政治標準代替原先過於褊狹的政治標準。某些文學現象，以前從這個角度去否定它，現在還是從這個角度去肯定它，評價可能不同甚至對立，標準是一樣的」〔註 29〕「嚴家炎老師在一篇文章裏最早提出了中國文學的現代化是從魯迅手裏開始的，他用了『現代化』這樣一個標準，打開了思路……」〔註 30〕

實際上，所謂「現代性」其所指爲傳統社會轉變爲現代社會過程中形成的一系列知識理念和價值標準，按照卡林內斯庫的研究這種現代意識大致包括進步與發展的理念；對科技潛能的信心；對理性的崇拜；對時間的重視和關切；以人本主義爲基礎的人文理想（自由、平等、博愛）；注重實際和行動的功利觀等。〔註 31〕在爲了紀念魯迅誕辰百年而完成的《魯迅小說的歷史地位——論〈吶喊〉〈彷徨〉對中國文學現代化的貢獻》中，嚴家炎將這種現代性理解下的「現代化歷程」作爲文學評價視角引入研究。在文章開篇就指出：「如果說，歷史決定了我國經濟、國防和科學技術較大規模的現代化，只能在一九四九年新中國成立後才有條件眞正提上日程的話，那麼，作爲意識形態之一的中國文學，其現代化的起點卻要早得多——大約早了整整三十年。」類似的看法在《二十世紀中國小說史·前言》中也得到重申：「中國現代小說作爲一種嶄新的小說形態，建立於『五四』時期。但這種變化的源頭，可上溯至戊戌變法前後……到『五四』文學革命以後，小說進一步從審美意識、道德情操、價值觀念等深層方面發生巨大的變化，實現了向現代化的飛躍。」〔註 32〕「從『五四』時期起，我國開始有了眞正現代意義上的文學，有了和世界各國取得共同的思想語言的新文學。而魯迅，就是這種從內容到形式都嶄新的文學的奠基人，是中國文學現代化的開路先鋒。沒有魯迅的《吶喊》《彷徨》，就沒有中國小說現代化征途上所跨出的第一階段最堅實

〔註 29〕陳平原等，「『二十世紀中國文學』三人談緣起」，《讀書》1985 年 10 期。
〔註 30〕陳平原等，「『二十世紀中國文學』三人談緣起」，《讀書》1985 年 10 期。
〔註 31〕馬泰·卡林內斯庫，《現代性的五副臉孔》，顧愛彬、李瑞華譯，商務印書館 2002 年版。
〔註 32〕嚴家炎，「二十世紀中國小說史 前言」，陳平原著《二十世紀中國小說史》第一卷，北京，北京大學出版社，1989

的步伐。」〔註33〕在這種對於魯迅小說劃時代意義的定位中，「現代化」是魯迅小說的核心意義和最大貢獻，而且這種文學的現代化是與經濟、國防和科學技術的現代化並列提出，顯示出兩者所標誌的文明、進步、開化、高級趨向上的一致性。可以想像，在八十年代國家意識形態由建國後的革命意識形態到文革結束後以經濟建設為中心的現代化意識形態轉型中，在「現代化」成為國家社會生活的核心話語時，文學意義上的「現代化」意味無疑因與主流話語的一致而具備先天的合法性。

　　嚴家炎在論述《吶喊》《彷徨》的文學史意義時將全文分作三個層面：魯迅的現實主義屬於一個新的時代；開闢多種創作方法源頭的文學大師；中國現代小說在魯迅手中開始，在魯迅手中成熟。在整篇論文中，作者首先看重的是魯迅小說相較於傳統的「斷裂」姿態和劃時代的文學史意義，並且將魯迅置於世界文學和世界思想史的版圖上加以觀照：

> 「一八九三年，恩格斯在《共產黨宣言》意大利版序言中，曾經稱但丁為封建的『中世紀的最後一位詩人』，又是資本主義『新時代的第一位詩人』；並且滿懷激情地期望到：『現在也如一三〇〇年那樣，新的歷史紀元正在到來。意大利是否會給我們一個新的但丁來宣告這個無產階級新紀元的誕生呢？』」「魯迅在中國文學史上的地位，大體相似於歐洲文學史上的但丁；而從某種意義上說，或許又遠過於但丁。這是因為，魯迅在中國文學史上，不僅標誌著封建中世紀的終結，而且宣告了『無產階級新紀元的誕生』。他既是西方資本主義興起時代的但丁，又是東方無產階級時代的『新的但丁』」。

這樣的表述毫無疑問與革命史觀下文學史研究範型的描述口徑和尺度是一致的，魯迅仍然被高度評價為「無產階級領導的新的革命時代的出色表現者」「他的小說從一開始就打上了新民主主義革命時代的深深烙印，盡到了為新民主主義革命吶喊和啓蒙的作用。」除了擁有「新民主主義革命時代」賦予的時間意義上的「現代化」，魯迅小說同樣有創作手法上的「現代」意味——「既堅持清醒的現實主義，又運用浪漫主義與象徵主義，尤其是象徵主義」。「過去，象徵主義總是被僅僅當作充滿世紀末悲觀頹廢色彩的一個流派，總是被當作資產階級腐朽意識形態的代表。然而魯迅借用這種方法，不僅增強和豐

〔註33〕嚴家炎，「魯迅小說的歷史地位」，《求實集》北京，北京大學出版社，1983年版，77頁。

富了小說的藝術表現力，還大大提高了作品的思想性。可以毫不誇張地說：
這是真正做到了『化腐朽爲神奇』。」而且「魯迅在中國現代小說發展的最初
階段，便吸收了以現實主義爲主，兼容浪漫主義、象徵主義的多種多樣的創
作方法和表達手法，爲新文學發展開闢了廣闊的道路」。在這裡論者在現代化
的角度對魯迅的創作手法予以高度評價，在充分證明魯迅文學的創造性之
餘，也爲在五、六十年代長期受到排斥的象徵主義等現代主義手法正名，以
「文學現代化」名義和魯迅的創作成就爲憑藉肯定其文學性，這種創作手法
認識誤區的廓清，在對魯迅的文學史意義予以進一步認定的同時，爲五四以
來新文學歷史上的各種運用浪漫主義、象徵主義的文學流派的文學回收創造
了條件。

在其他論著中，嚴家炎曾經考察了現實主義與現代主義創作手法的歷史淵
源。「在創作手法上，二十世紀中國文學是寫實主義（亦稱現實主義）、浪漫主
義、現代主義的多元共存。隨著科學『求真思維』的進入，傳統文學以『善』
爲最重要價值判斷的理念得到改變，『真實』逐步成爲最重要的審美標準，寫實
主義就成爲文學創作的主流，並且分別演化出重詩情畫意、重風俗描畫、重工
筆再現等多種形態。據文藝理論家韋勒克的考察，『寫實主義本是一個不斷調整
的概念，它『意味著當代社會現實的客觀再現』，它的主張是題材無限廣闊，目
的是在方法上做到客觀，即便這種客觀幾乎從未在實踐中取得過。現實主義是
教諭性的、道德的、改良主義的。它並不是始終意識到它在描寫和規範二者之
間的矛盾，但卻試圖在『典型』概念中尋找兩者的彌合。」借助韋勒克的觀點，
嚴家炎凸顯了現實主義手法中暗含的唯心主義主觀性因素，對文學史研究的現
實主義原則提出質疑——「在長期的獨尊寫實主義的年代，人們只承認寫實主
義爲『唯物』，把其他方法都稱爲唯心，竟至得出『一部中國文學史就是現實主
義與反現實主義鬥爭的歷史』這類公式……其實，文學的現代化或現代性既不
會被寫實主義所獨佔，也不可能被現代主義所包辦。」〔註34〕這種觀點無疑可
以爲現代文學史上的現代主義文學流派鬆綁，在某種程度上，魯迅對現實主義
之外創作手法的自由運用是標誌「新文學創作成熟和高峰的重要徵象」，那麼這
就成爲運用非現實主義手法創作的作品的一道護身符，這種「現代化」的命名
就爲嚴家炎關於拓展現代文學史的研究範圍，擴充研究對象提供了文學理論層

〔註34〕嚴家炎，「現代性：中國文學史由古典進入現代的顯著特徵」，《考辨與析疑——五四文學十四講》，青島，中國海洋大學出版社，2006年版7頁。

面和創作層面的雙重合法性依據，而這一切的邏輯基礎和理論出發點，就是八十年代整個中國語境下對「現代化」的特殊把握。

實際上，這種八十年代初期的「現代化」思路下的文學重評以及文學史重寫，所顯示的基本訴求仍然是李澤厚為人文思想界提供的元話語所概括的核心觀點，即現代中國的歷史是「救亡壓倒啟蒙」的歷史，是「前現代」的革命壓倒「現代」啟蒙的歷史，因此八十年代潛在地成為啟蒙優先於救亡的時代，是「現代化」顛覆「前現代」的時代，所以「現代化」的中國文學自然優越於傳統文學。以嚴家炎為代表的文學「現代化」觀點以及對現代化的解讀就成為現代文學研究的核心，直接影響了八十年代文學重評對於文學形象的梳理和想像，這種現代化視角同時也參與到新文學歷史研究範式的轉型，影響了新時期思想文化背景下的現代文學史的生成。

在「重寫文學史」思潮中，後來的文學史研究者要面對的問題是「每一個人對歷史都有重寫權。事實上，每一個人都在重新解釋歷史。就像文藝理論家一樣，每一個人都要重新界定文學的定義。如果不是這樣，就是原封不動地重複和注釋前人的舊結論，那就失去研究的意義」，〔註35〕因此「重評」到「重寫」之間，人們在質疑革命文學史範式的評價體系的同時，思考「僅用一種敘事去取代另一種敘事或是補充另一種敘事似乎不值得大驚小怪，況且任何寫都已經是某種程度的重寫，因此重寫之外還應該追究一個根本的問題，即在現代文學史的寫作中，篩選作家和作品的依據是什麼？」〔註36〕科學史家庫恩提出了「範式」理論，在評價新的研究範式比舊的範式更具備合理性時通常會啟用一個基本標準：「一個新範式要能被接受，就必須既能解釋支持舊範式的論據，又能說明用舊範式無力解釋的論據。換言之，新範式的成功之處就在於它的解釋更具包容性」。〔註37〕在八十年代的現代化語境中，「改革開放、走向世界」的時代主旋律決定了「重寫文學史」對文學現代性的想像方式，當西方的現代化模式成為整個社會發展的明確目標，將這種範式概念落實到現代文學歷史的書寫時，就會發現，革命範式的文學史只能解釋「革命是如何成功的」，卻無力面對新的社會轉型，因此這種文學史

〔註35〕劉再復，「重寫歷史的神話與現實」，唐小兵《再解讀序言》，香港，牛津大學出版社，1993年版。

〔註36〕同上。

〔註37〕〔美〕德里克：《革命之後的史學：中國近代史研究中的當代危機》，《中國社會科學季刊》香港，春季卷，1995年2月。

研究範式的變化顯示出一直以來現代文學鮮明的意識形態功利性。新文學史作爲學科在新中國建立伊始，就是現實中知識與權力雙重需求的產物。在《中國新文學史稿》中〔註38〕，五四新文學新民主主義性質的梳理和描述在很大程度上與新中國主流政治對新文化運動歷史定位的權威敘述保持一致，甚至是完成了一個「填空題」——「用文學材料取填充《新民主主義論》的歷史框架」。而毛澤東的《新民主主義論》作爲對五四新文學評價中最爲重要的官方表態，成爲王瑤《新文學史稿》中文學歷史描述和文學經典指認的重要理論資源和話語憑藉。左翼文學史觀著力要解決的問題就是「革命」是怎樣成功的，「革命」指導下的文學是如何發展的，以及如何讓後來人繼續革命。而現代化的文學史觀則著力強調「五四」時期現代性的發生，現代性語境的生成以及百年新文學歷史中的現代化進程。支克堅的《從新的思想高度研究中國現代文學史》最早明確地否定了文學與政治標準的同一性，揭示了文學史與革命史之間不可彌合的裂痕：「長期以來，我們的現代文學史研究工作，花費了許多精力來說明新文學在三十年裏，怎樣不停地追隨著中國新民主主義革命的步伐前進，文藝思潮和文學運動因此不斷出現新特點，作品因此不斷獲得新思想、新題材……但這裡有一個矛盾，就是有些現在大家已經公認爲優秀和重要的作品，恰恰並非出自追隨革命最緊的作品。這就使得我們的現代文學史著作出現了『破綻』……這種情況無可辯駁地表明，我們研究現代文學史的指導思想存在著缺陷。問題究竟在哪裏？看來，是在於一種比較狹隘的文學觀念限制了我們的眼光，以致我們不能從應有的思想高度，對現代文學史進行研究。」〔註39〕嚴家炎在現代化語境下，提出的文學現代化思路恰好能夠解決支克堅提出的這一問題。

所以，不難想像，在八十年代文學史現代化視角的重要意義以及由它取代左翼革命史觀的不言而喻的根由。當西方的現代化模式決定了重寫文學史對文學現代性的追求，「世界」「西方」也成爲現代文學「現代性」內涵的重要維度。「五四文學」（啓蒙文學）在新文學歷史中地位迅速提升，作爲在「中國文學在長期發展中形成了自己民族所特有的美學傳統文學傳統，西方文學各種文學體裁、藝術形式、表現手法、創作方法也都發展得比較成熟」的「歷

〔註38〕李楊，《文學史寫作的現代性問題》，太原，山西教育出版社，2004年版，第84頁。
〔註39〕支克堅，「從新的思想高度研究中國現代文學史」，《文學評論》，1983年3期。

史交匯點」〔註40〕上出現的文學,「西方文學的輸入與世界文學的廣泛聯繫促成了傳統文學價值的再發現」,從而「內外兩面,都和世界的時代思潮合流而又並未梏亡中國的民族性」〔註41〕,這在八十年代社會文化語境中無疑體現了「現代性」的理想品質,這裡,這種「走向世界文學」或者「文學的現代化」與「本世紀中國所發生的『政治、經濟、科技、軍事、教育、思想、文化的全面現代化』的歷史進程相適應的,並且是其不可或缺的有機組成部分」〔註42〕。因此現代化視角的引入對於現代文學研究具有重要意義,甚至可以說,整個八十年代「現代文學史學科的重建」實際上是一個「文學現代化」取代毛澤東《新民主主義論》所確立的文學史敘述和評價標準的過程。在嚴家炎的《現代小說研究在中國》中,以「現代化」來為「五四」以降文學定性成為核心觀點——「二、三十年代小說的評論與研究,著眼點始於注意小說的現代性。一些流行的小說論中所說『中國小說的世界化』,實際上指的就是中國小說的現代化。肖乾稱五四小說為『經西洋文學薰染而現代化了的初期中國小說』、張定璜評論魯迅《狂人日記》時說『……我們由中世紀,跨入了現代』,這樣的評述,即是把『五四』和八十年代拉到同一個歷史位階,都看做中國跨出中世紀,邁向世界、現代化的表現。」

　　如果說革命意識形態下的現代文學史書寫是努力挖掘作家身份的社會主義屬性和作品的社會主義意識形態特徵,那麼此時「現代化」內涵的有力挖掘顯示出現代文學研究領域「政治」合法性具體內涵的變化和研究手法的沿襲。儘管 80 年代前期已經開始重新「發現」沈從文、張愛玲等完全被革命範式文學史抹去的文學家,將他們(包括錢鍾書、周作人、梁實秋等)納入現代文學經典序列,甚至佔有著比魯郭茅巴老曹更重要的位置,但是單單依靠對現有「革命」範式文學史的「恢復」和「擴充」是很難全面實現文學史的「現代化」目標的。因此在八十年代現代文學經典重構工程中,這些新文學經典的確立者不僅對於具體篇目的入圍備選發揮作用,而且為這些作品的解讀方式立法,「純文學」的文學性作為一種「經典闡釋」規約著讀者的閱讀與

〔註40〕 錢理群:《現代文學三十年》上海文藝出版社,1987 年版,16 頁。
〔註41〕 魯迅,「當陶元慶君的繪畫展覽時」,錢理群,《中國現代文學三十年》上海文藝出版社,1987 年版,第 17 頁,。
〔註42〕 錢理群等,《中國現代文學三十年》修訂本,北京,北京大學出版社,1998年版。

接受，而這種被重構的經典和經典闡釋方式在文學史書寫中得到經典化，成爲「經典」的重要組成。而在這種經典重構中進行的「純文學」想像，也顯示出「純文學」不過如伊格爾頓所說的——在意識形態化的語境中，「生產藝術作品的物質歷史幾乎就刻寫在作品的肌質和結構、句子樣式或敘事角度的作用、韻律的選擇或修辭手法裏。」〔註43〕

現代化語境中「救亡」「啓蒙」的雙重變奏下演化生成的「八十年代化」的「現代性」理解在更新了文學史觀的同時，也形成新的遮蔽。王富仁在參加「重寫文學史」討論時，指出重寫文學史從來就是和新政治意識形態的實踐有著密切的聯繫〔註44〕。實際上，「重寫者」在醞釀「二十世紀中國文學」概念的過程中，對現代性的迷戀使得他們和中國現代以來那些激進的理論同樣，一再強調進步，強調「現代」與「新」的價值，強調傳統與現代之間的「斷裂」，而「回到文學自身」的文學史研究同樣並不能擺脫意識形態，尤其是當前現實政治的纏繞。在「重寫文學史」潮流中，「現代性」標準的實施形成了五四文學（啓蒙文學）地位上升與「左翼文學」的評價下降，當代文學與現代文學學科優勢迅速顛倒的特殊現象，這種把帶有八十年代語境鮮明特徵的現代性作爲新文學基本特質的文學史書寫標準在九十年代得到了反省：「現實生活的無情事實粉碎了八十年代關於現代化，關於西方現代化模式的種種神話。與此相聯繫的是『西方中心論』的破產。這都迫使我們回過頭來，正視『現代化』的後果，並從根本上進行前提的追問：什麼是『現代性』。」〔註45〕這樣的反省表明重寫文學史以及文學經典的話語建構是以「政治」意義上的「現代性」爲參照物來展開的，特定文化中的「現代」標準成爲它們完成自我指認的合法性依據，而這種「現代性」又是八十年代特定歷史情境下的文化想像之一。因此，作爲「救亡壓倒啓蒙」元話語文學史圖解，這種所謂的「去政治化」的「現代」文學史的身份變得十分可疑：「80年代以來建立的『文學』史秩序，在凸現『純文學』的時候，必然要排斥『非

〔註43〕 伊格爾頓著，馬海良譯：《歷史中的政治、哲學、愛欲》，北京，中國社會科學出版社1999年版，第114頁。
〔註44〕 「從中國現代文學研究的歷史來看，凡是社會思想和文學思想發生重大變化的時候，便會產生一種重寫文學史的衝動和要求。」「從1928年的革命文學的倡導開始直到文化大革命，中國現代文學史便在不斷的重寫。尤其是50年代以來，每一次政治意識形態的變動都會導致一次文學史的重寫」見王富仁，「關於重寫文學史的幾點感想」，《上海文論》，1989年6期。
〔註45〕 錢理群《矛盾與困惑中的寫作》，文學評論，1999年第一期。

文學』的文學。通過這種學術秩序，『文革文學』乃至『十七年文學』實際上被逐漸排除在『文學』之外。……我們實在很難說這是一種多元化的文學史。」〔註 46〕

5.3　文學史書寫與「現代化」

在劉禾看來，「『五四』以來被稱之爲『現代文學』的東西其實是一種民族國家文學。」〔註 47〕因此當代文學合法性的構建即革命範式現代文學史體系產生的過程實際上就是一個「民族國家文學」合法化的過程。劉禾認爲「西方的國家民族主義（nationalism）被中國人接受後，即成爲反抗帝國主義的理論依據。而國家民族主義的意識形態功能遠遠超過了反帝鬥爭的需要。它其實創造了一種新的有關權力的話語實踐，並滲透了 20 世紀知識生產的各個層面。」〔註 48〕在這一觀點支持下就不難理解如下現象：毛澤東在《新民主主義論》中提出「一定的文化是一定的政治和經濟在觀念形態上的反應，或《講話》中提出的「一切文化或文學藝術都是屬於一定的階級，屬於一定的政治路線的」成爲新中國現代文學歷史書寫的底線和準則，民族主義的想像共同體的營造成爲 20 世紀中國文學研究中知識生產的重要任務之一。

五十年代，王瑤在《新民主主義論》規定的政治邊限內完成的《中國新文學史稿》，雖然呈現了中國近現代革命歷程的全部文學軌跡，但是「當他在《中國新文學史稿》（北京，一九五三年）中討論到胡適、徐志摩及同類作家以圖取得某種歷史整體性時，卻遭受到嚴厲批判。（文革中）大陸對他的指責包括：1. 他把資產階級說成是新文學運動的領導角色，把胡適、蔡元培捧爲最重要的人物。2. 他把文學作品看成個人的產物，而不是黨或階級鬥爭的產物。3. 他混淆了文學上兩條路線即無產階級對資產階級的鬥爭，而且沒有表現無產階級對資產階級取得的勝利。4. 他不同意文學應該爲政治鬥爭服務的觀點。5. 他認爲藝術上的形式主義來自生活中的形式主義，這是對黨性直接的攻擊。6. 他過份強調『美』，過份吹捧徐志摩、林語堂等人。7. 他把馬克思列寧主義看成抽象的、教條的，從而否定了黨在文學藝術中的領導作用。

〔註 46〕倪文尖，「與黃子平的通信」，http://www.culstud-ies.com,2004-02-11.
〔註 47〕劉禾，「文本、批評與民族國家文學」，《語際書寫》，上海，上海三聯書店，1999 年版，192 頁。
〔註 48〕同上。

8. 他鼓吹胡風的主觀鬥爭精神，蔑視了大眾化等等。」〔註49〕在這些指責中，我們可以大致梳理出主流意識形態對現代文學營構民族國家這一「想像共同體」的功能規劃和現實期待。因此現代文學史的書寫，尤其是民族文學，「它明顯地受到國家意識形態的支配與決定。這種『文學史』的書寫只可能是一個『國家主體』的自我塑型。」〔註50〕

　　韋勒克和沃倫說：「文學變化是一個複雜的過程，它隨著場合的變遷而千變萬化。這種變化，部分是由於內在原因，由文學既定規範的枯萎和對變化的渴望引起，但也部分是由外在的原因，由社會的、理智的和其他的文化變化所引起的。」〔註51〕國家意識形態轉型帶來了左翼文學史觀與現代化文學史觀的更迭，立足於社會板塊置換的歷史契機文學史線索作出調整，湧現出文學重評的一批階段性成果。黃修己在《中國新文學史編纂史》中總結道「新文學史編纂史上有兩次可以稱為成功的突破」「一次是王瑤的《史稿》，一次就是 80 年代中後期的幾部最有影響的新文學通史和專史。這兩次突破之所以成功，都因為具備了力量的積蓄和現實的契機這兩個條件。」而這樣的突破與社會文化語境和學科發展的學術積澱往往有很大關係──「第一次突破的成功，是在中華人民共和國剛剛建立之時，那是由舊社會轉變為新社會的時候，一個翻天覆地的大變動的時候，當然也是人們思想發生巨變之時。第二次突破的成功，是在粉碎『四人幫』之後，人稱『第二次解放』之時……沒有這兩次思想的劇變期，也就不會有那兩次突破的成功。」〔註52〕

　　1978 年，在六十年代未完成的《中國現代文學史》在學科恢復建設的背景下重新開始，唐弢先後集中國內當時學科內部最為權威的學者參與編寫，1979 年 6 月該書第一冊由人民文學出版社出版，是文革後最早正式出版的現代文學史教材，1979 年 11 月和 1980 年 12 月，該書的後兩卷陸續出版，其中第三卷由唐弢、嚴家炎主編，全書篇幅約 72 萬字。1984 年為滿足對外交流的需要將三卷本的現代文學史壓縮成為《中國現代文學史簡編》由人民文學出版社出版，這兩部文學史教材被黃修己描述為「突破的成功」。在三卷本的前

〔註49〕葉維廉，「歷史整體性與中國現代文學研究之省思」，《中國現代文學研究叢刊》，1988 年第三期。
〔註50〕張頤武，「重寫文學史：個人主體的焦慮」，《天津社會科學》，1996 第四期。
〔註51〕雷・韋勒克、奧・沃倫，《文學理論》，北京，三聯書店，1984 年版，309 頁。
〔註52〕黃修己，《中國新文學史編纂史》，北京，北京大學出版社，1995 年版，462頁。

言中，編者詳細描述了寫作經過：

> 「本書系教育部統一組織編寫的高等學校中文系教材」，「1961
> 年文科教材會議之後，開始編寫本書，至 1979 年上冊第一分冊付
> 印，中間情況變易，停頓多年，……前後大致經歷了這樣兩個階段：」
> 「第一階段：自 1961 年初夏開始集中人力，組織編委會，到 1964
> 年夏完成全書討論稿，近 60 萬字，歷時三年。」「第二階段，自 1978
> 年九月起，重新恢復和建立了編寫組」。（1～2 頁）編寫前言呈現出
> 這樣一個事實．全書編寫前後歷時 19 年，其中實際工作時間，包括
> 主編、編委改稿，大約六年，橫貫了文革時期和新時期兩個特殊的
> 歷史時段，因此無論是時間還是編寫者的身份，都表明這部教材是
> 總結性著作，也是一部呈現出時代板塊置換、意識形態話語交迭的
> 過渡語境特徵的標誌性文學史。唐弢回憶了三卷本文學史的編纂原
> 則：「一，採用第一手資料反對人云亦云。作品要查最初發表的期刊，
> 至少也依據初版或者早期的版本。二是期刊往往登有關於同一問題
> 的其他文章，白應充分利用。文學史寫的是歷史衍變的脈絡，只有
> 掌握時代的橫的面貌，才能寫出歷史的縱的發展。三，儘量吸收學
> 術界已有的研究成果。個人見解即使精闢，沒有得到公眾承認之前，
> 暫時不寫入書內。四復述作品內容，力求簡明扼要，既不違背願意，
> 又忌冗長拖沓，這在文學史工作者是一種藝術的再創造。五，文學
> 史採取『春秋筆法』褒貶從敘述中流露出來。」〔註53〕這樣的編選
> 原則暗示出編寫者尊重文學歷史真實的唯物主義觀點以及歷史主義
> 的文學史評價標準，這些原則滲透出唐弢本現代文學史持重、平實、
> 穩妥的風格，無疑是在新時期主流文化對文革極左政治的反思以及
> 對左翼文學的重評背景下，對左傾思潮下文學史寫作的一種反撥。

按照唐弢的回憶，三卷本文學史由嚴家炎全面「負責統一修改」，最後經過嚴
家炎全面調整，文學史採用階級分析的方法闡述新文學複雜的階級成分，努
力呈現它的非單一性——「現代文學，作為中國現代複雜的階級關係在文學
上的反映，所包含的成分也是多種多樣的。新起的白話文學本身，並不是單
一的產物；它是文學上的無產階級、革命小資產階級和資產階級三種不同力

〔註53〕唐弢，「求實集序」，嚴家炎，《求實集》，北京，北京大學出版社，1983 年版，
　　　　1 頁。

量在新時期實行聯合的結果，其各個組成部分之間有著原則的區分。（一卷 7頁）」「在這多種複雜的文學成就中，佔有主導地位、佔有絕對優勢並獲得了巨大成就的，則是無產階級領導的人民大眾的反帝反封建的文學，亦即新民主主義性質的文學。」（一卷 8 頁）在敘述「五四」至第一次國內革命戰爭時期的創作時，又指出「就這個時期的一般作品來說，除在藝術上表現出稚氣外，創作方法和思想傾向也極為複雜紊亂。」（一卷 15 頁）這樣反覆追加的陳述顯示出該版本文學史既強調新文學的新民主主義性質，又承認它的複雜性、非單一性，糾正了曾經出現過的把新文學視為無產階級文學或社會主義現實主義發展史的片面觀點，實現了文學史書寫範圍的拓寬。

在面對新文學各種複雜的成分時，三卷本文學史用無產階級文學和資產階級文學兩條路線來組織三十年中種種文學現象，強調無產階級的領導作用，對左翼領導和影響下的革命文學，在各個歷史階段中所起的配合革命運動的作用，給予很高的評價，認為革命文學與人民事業血肉相連的關係，「這就是無產階級登上歷史舞臺的新時代所賦予革命文學的鮮明思想印記，也是現代文學之所以有別於近代文學的根本標誌。」（一卷 10 頁）因此在三卷本的《中國現代文學史》中，標誌著無產階級登上歷史舞臺的文藝鬥爭成為全書的重要內容，而且「文藝鬥爭是從屬於政治鬥爭的，政治的分野就決定文藝的分野。」所以政治鬥爭和文藝鬥爭之間複雜糾纏「在文藝思想鬥爭領域，由反封建文學到反資產階級思想再到反修正主義，由白話文學的爭論到文學有無階級性、再到文學要不要為無產階級政治服務、要不要堅持工農兵方向的爭論，其發展趨向是步步前進，層層深入的，這是整個革命運動逐步深入在文學上的反映。」（一卷 13 頁）在篇幅分佈上，全書為 20 章，其中五四文學革命、30 年代左翼文學運動、抗戰開始後的文藝運動、40 年代延安文藝整風運動以及國統區的文藝思想及鬥爭，分別位於第一章（80 頁），第六章（42頁），第十二章（40 頁），和第十五章（42 頁），第十九章（43 頁），而魯迅、郭沫若、茅盾作為專章編寫，篇幅各為 72 頁、26 頁、32 頁，巴金、老舍、曹禺被置為一章三位作家共占 21 頁，解放區文學被命名為「沿著工農兵方向前進的文學創作」共占三章（173 頁）。由上述篇幅的分佈不難看出三卷本文學史對於能夠與新民主主義框架下無產階級敘事吻合的文學現象的關注力度，在突出重點作家的同時，其他文學流派也被整合在文藝思想、文藝路線鬥爭的文學史敘述脈絡之中。在對「新月派」的描述中，編者首先將其置於

國內複雜的階級關係之中，「一方面是帝國主義、封建主義、大資產階級三位一體的反動統治，民族資產階級和一部分上層小資產階級附和了他們。另一方面是無產階級、農民和革命小資產階級所構成的革命陣營。這些變化在意識形態領域內的反映就是『五四』以來所組成的新文化隊伍的新的分化；雙方陣營分明，鬥爭起伏分明。」這樣的文學背景描述無疑具有非常明顯的政治意味，然後是文藝戰線上的階級對立展示──「文藝戰線上無產階級和資產階級的兩條路線鬥爭，更是出現了從未有過的緊張局面」。最後新月派作為無產階級的敵對　方得到頗有意味地陳述；「首先向無產階級革命文學運動進攻的是『新月派』」。

在具體文學流派的處理中，三卷本文學史將新月派作為無產階級文學的對立面加以描述，敘述的口氣就要顯得嚴苛──「從其主要成員梁實秋、陳源、徐志摩等人的活動看，它與現代評論社可以說是一個團體，兩塊招牌。胡適是他們的共同領袖。早在第一次國內革命戰爭時期，他們以《現代評論周刊》為主要陣地，反對革命人民，已經暴露了作為帝國主義和北洋軍閥『意識代表』的反動面目，他們眼看北洋軍閥搖搖欲墜，就急忙另找出路。蔣介石公開叛變革命之後，他們立刻改以《新月》為主要陣地，巴結上這個新的主子。」（二卷 21 頁）「向無產階級革命文學運動發起攻擊，是他們立意充當國民黨反動派政客和幫兇的第一次表態，也是藉此晉身的第一份見面禮。」這種文學流派描述中明顯滲透了意識形態判斷，流露出「政治的文學敘述」痕跡，唐弢將此解釋為「文學史有兩種做法：吸收已有成果，介紹基本知識，反映學術界普遍達成的水平，這是一種寫法；重視藝術風格，發掘新人新作，表達獨創性科學探索的見解，這又是一種寫法。」〔註 54〕許多文學流派和作家，如自由人、第三種人僅僅如新月派一樣是作為無產階級文學確立自我的「他者」得到了敘述者有限度地謹慎地呈現。即使在對五四文學革命的文學社團進行羅列的時候，其敘述重點為文學研究會、創造社、語絲社和受到魯迅高度評價的沉鐘社，而新月社同樣受到了帶有傾向性地再現：「成立較早而展開活動較晚的新月社，則是軟弱的中國資產階級在初期新文學中唯一有點代表性的流派。」新月社成員「宣稱藝術美的至高無上，顛倒藝術與生活的關係」，「他們受西方唯美主義文藝思潮影響很深，有不少唯心主義和形式主

〔註 54〕 唐弢，「編寫後記」，《中國現代文學史簡編》，北京，人民文學出版社，583 頁。

義的<u>毒素</u>。後來他們走向無產階級革命文學運動的對立面，決不是偶然的事情。」（一卷 59 頁）而且在郁達夫小說評價中，文學史一方面肯定了《沉淪》「通過大膽率真的描寫，呼喊出了他們所共有的內心要求，進而控訴了外受帝國主義壓迫、內受封建勢力統治的罪惡社會」，但是「暴露病態心理這一點上，郁達夫顯然是受了盧梭、陀斯陀耶夫斯基以及某些自然主義作家的影響。這種大膽暴露一方面體現出對封建道德叛逆精神……另一方面也具有明顯的消極作用，主人公的憤激和反抗，最後往往變成自戕，愛國心又常與個人欲望相聯繫，再加上作品籠罩在一層抑鬱頹喪的氣氛，就構成了《沉淪》的嚴重缺陷。這說明出身於沒落地主家庭的郁達夫不僅接受了歐洲資產階級所謂世紀末文藝思潮的影響，還沾染了中國士大夫懷才不遇式的哀愁。」（一卷，196 頁）在這裡不難看出西方思潮的影響和非現實主義創作手法的滲透成爲郁達夫的文學史地位下降的一個重要原因，而且作家的階級出身也影響了相關評價。這樣的文學流派的處理方式和對於現實主義之外創作手法的態度顯示出三卷本的現代文學史無疑是沿襲了建國以來革命文學史觀下以左翼文學爲線索的文學歷史講述方式，流露出思想解放背景下過渡語境作用的痕跡，被研究者稱爲「雖展新姿仍存舊痕。」〔註55〕

　　嚴家炎曾作爲重要參與者參加了「過渡姿態」的三卷本文學史編寫，在《中國現代小說流派史》（人民文學出版社，1989 年）中，他貫徹了唐弢提到的「觀點突破」的文學史寫作方式。這一著作雖然出版於八十年代末期，但是由於「1982 年和 1983 年，我（嚴家炎）先後對北京大學中文系文學專業的研究生、進修教師、本科高年級生開設了『中國現代小說流派史』的課程，校外聽課的人很多，近 10 臺錄音機同時啓動。不少人還在做較詳細的筆記，使我的講課內容一下子就傳到校外一些地方，有些文學史小說史著作還把我的一部分觀點也輾轉傳抄。」（見嚴家炎《現代小說流派史》）這樣的作者回顧表明《現代小說流派史》雖然出版於 1989 年，但主要還是文學重評過程中的學術思考，是在八十年代初期現代化視角引入文學史研究之後的階段性成果。在談及研究小說流派的必要性時，嚴家炎指出「流派是時代要求、文學風尚和作家美學追求的結晶；而且由於它不是只表現在個別作家身上，而是表現在一群作家身上，因此，這種文學現象也更引人注目。」「植物學家不能

〔註55〕黃修己，《中國現代文學編纂史》，北京，北京大學出版社，1995 年版，200頁。

只注重研究單株樹木，他們更重視考察各種自然形成的植物群落，從它們的分佈、演化中找尋各類植物發展、變遷的規律。文學上也有自然形成的植物群落，那就是創作流派和思潮。研究小說流派，可以幫助我們掌握和分析紛紜複雜的文學現象，從中整理歸納出某些脈絡，不僅能指出同一時期內橫的變化，而且也能指出前後不同時期的縱的關聯。」因此這種小說流派史的研究實際上是以流派爲視角切入的文學史寫作，雖然研究對象較常規意義上的現代文學史更加具體，但作爲專史同樣是文學重評以來的理論收穫。

　　不同於三卷本的《中國現代文學史》中以左翼文學爲主線，把現實主義流派之外其他團體作爲「無產階級文學對立面」加以批判的做法，嚴家炎經過梳理和論證認定了中國現代小說的若干流派──「鄉土小說派」「自我小說派」「革命小說派」「新感覺派」「京派小說派」「東北作家群」「七月派小說」「後期浪漫主義派」「解放區民族化大眾化小說派」（後來發展成爲「山藥蛋派」和「荷花澱派」）。在流派的分類歸納中，論者將以往的文學史敘述中最能體現「五四」新文化運動反帝反封建特徵的現實主義作品和以創造社爲代表的浪漫主義小說，分別用「鄉土小說」和「自我表現」小說加以命名，與堅持無產階級文藝路線的左聯小說、解放區小說、「京派」小說等置於並列的位置，突破了以往文學史書寫在篇幅上主與次的區分，並且淡化了意識形態色彩。在探討小說流派的成因時，作者通過文學史事實顛覆了過去文學史寫作中單一的「政治決定論」，辯證地指出流派的多元成因：「形成流派的因素非常複雜多樣，有時時代的因素可以起很大的作用，如『東北作家群』的出現，就與九‧一八後東北淪陷這一特定情況有關；京派的出現，也與國民黨的高壓政策不無關係，雖然政治因素難以成爲長遠起作用的因素。有時，國際上某種文藝思潮的傳播也可以起很大作用，如以蔣光慈爲代表的『革命小說』派，接受了蘇聯拉普與日本左翼文藝思潮的重大影響；劉呐鷗、施蟄存、穆時英等的新感覺派小說，主要受了日本新感覺派與西方意識流文學等現代主義文藝思潮的影響。沒有外國文藝思潮的影響，單以中國國內的條件來說，當時未必有這些流派。」在這種成因解讀中，嚴家炎將具有絕對政治合法性的「東北作家群」與左翼文學歷史講述中備受質疑的「京派」小說並列說明政治的影響，無產階級文藝運動的代表作家蔣光慈與上海新感覺派文人劉呐鷗、施蟄存、穆時英等並提說明外來文藝思潮對於本土文學流派的醞釀的重大意義，國際文學語境中的蘇聯「拉普」和日本左翼文學都與西方意識流等

現代主義思潮一併提起，在此之前，現代主義在三卷本的《中國現代文學史》中一直是作爲資本主義的腐朽墮落的文藝思想，爲無產階級革命文藝梳理自我形象提供的「靶子」。這些細節暗示出嚴家炎在進行小說流派的梳理歸納時，修正了自己在參與三卷本現代文學史編纂時的一些立場，調整了以往文學評價以政治合法性爲最高標準的做法，認定「現實主義、浪漫主義、現代主義這三種創作手法與文藝思潮在錯綜複雜，此起彼伏地相互作用，相互影響」，這是現代主義思潮首次作爲與另外兩種創作手法處於同樣重要的地位，而且十個小說流派中熟練運用現代主義手法進行創作的就有「新感覺派」和「後期浪漫主義派」，嚴家炎從流派的角度將現代主義的文學史地位大大提高，在現代化視角下非常穩妥而有力地拓寬了現代文學的研究視野，增加了學術容量。

在論文《論徐志摩詩的藝術特色》中，嚴家炎表示「評價任何一個歷史人物，都要看他是否提供了前人沒有提供過的某些新的東西」，這種放棄單純的意識形態評價標準，選擇以進步、發展、高級等差異比較來衡量文學實際成就的做法，無疑是融入了「現代性」理念的，而這種現代性評價標準被他同樣帶入小說流派的研究中。有學者在評價「二十世紀中國文學」這樣一個文學史概念的提出時，認爲這一概念滲透了文學研究的「現代化思維」:「現代化，又被認爲是一種世界性的運動，一方面亞非拉丁美洲等地區皆因受西方勢力及文化之衝擊，而展開其現代化，顯現出脫離個別傳統文化，匯入世界的大趨勢……從文學上來說，即『世界文學』。……此一思路，實際上仍採用西力東漸、中國逐漸西化、現代化、世界化的歷史解釋模型。然而以現代化爲新指標，重新討論近百年之歷史，從社會意識上說，並沒有脫離政治的影響，因爲中共官方所謂改革開放，正是以『四個現代化』爲標誌的。而黃子平他們所說的『走向世界』或『走向世界文學』，也並不是從文學的歷史研究中形成之概念，而是把當前社會意識及願望反映到文學史的論述中。」〔註56〕實際上，在「二十世紀中國文學概念」提出之前，八十年代初期的文學重評就已經開始引入了現代化視角，同樣有意識形態語境的影響在其中。

「1979年思想解放運動後，知識界其實一直沒有找到屬於『自己』的表達方式，而主要體現爲對主流意識形態話語的重複、求證和闡釋上，可以說，

〔註56〕 龔鵬程，「『二十世紀中國文學』概念之解析」，《中國文學史的省思》，香港，三聯書店。

那是另一種意義上的失語的狀態。」〔註57〕針對這種研究者發聲的艱難，陳平原認為原因在於「思想史即思想模式的歷史，舊的概念是新的概念的出發點和基礎。如果舊的概念、舊的理論模式已經沒有多少『生產能力』了，在它的範圍內至多補充一些材料，一些細節，很難再有什麼新的發現了，那就會要求突破，創建新的概念、新的模式」〔註58〕。「現代化」思維的引入無疑為現代文學研究找到一種新的概念、新的模式。實際上，在由革命意識形態到現代化意識形態的轉型中，左翼政治完成的經典序列在新時期語境中難以為社會文化的變遷繼續提供「答案」，文學重評就是在「前經典」合法性喪失的情況下，實行「經典」再造。而嚴家炎作為掌握著講述經典話語權的高校教師、現代文學研究的專業知識分子，他關於現代化視角的引入就是在新時期現代化語境中依靠現代化理論資源來進行經典的篩選，「80 年代的『重寫文學史』運動，以補白和鉤沉的方式，將此前的文學史（也就是現代中國史）的完整權威圖景，顯現為存在著差異或遍佈著裂隙與『天窗』的權力話語，其主旨在於某種抗衡或顛覆性的文化意圖。」〔註59〕而這種現代化視角一經被引入，很快帶來了重評局面的變化，在文學內外的「現代化」力量的合力下實現了現代文學書寫線索的變化和文學經典的重構。

〔註57〕 程光煒，「一個重構的西方──從『現代西方學術文庫』看八十年代的知識範式」，《當代文壇》，2007 年第四期。
〔註58〕 陳平原等，《二十世紀中國文學三人談》，北京，人民文學出版社，1988 年版。
〔註59〕 戴錦華，《書寫文化英雄》，南京，江蘇人民出版社，2000 年版，第 140 頁。

第6章 海外漢學研究中的重評

　　「文學經典作爲一個由特定人群出於特定理由而在某一時代形成的構造物」〔註1〕，會不斷經歷選擇和取捨，而這種選擇和取捨都必然涉及到具體社會進程中的權力機制。文學重評和重寫文學史正是在具體社會進程的權力機制下進行的經典重新選擇和取捨，在這中間，始終伴隨著對「純文學」的關注和想像，後者在某種程度上成爲重寫文學史的經典知識譜系和話語支持。〔註2〕這種文學史的重新書寫源於文學界對於文學的政治性和審美性的深刻反省，純文學成爲「文學／政治」的體制化語境中尋找學科專業化自足性的一種重要策略，傳遞著去意識形態化的精神訴求，支撐著研究者們對新文學史的構想。「純文學」理念和「重寫文學史」不但發現了二十世紀以來的中國文學史，也成爲一個歷史的反光鏡，投射出「新時期」獨特的歷史語境。

　　漢學是指海外的中國學研究，經過異質文化的智慧加工它呈現出中國文化的外國化和外國文化的中國化的雙重特徵。「過去國外研究漢學的學者多側重於中國的古代文化，現在則研究現代中國的比重日漸上升，而且還經常舉行一些國際性的學術集會。據美方材料，1960～1969年美國授予漢學研究博士學位共412人，由55所大學頒發；1971～1975年頒發的漢學研究博士學位即增爲1205人，來自126所大學。其中專攻中國語言文學的約占五分之一，關於研究中國現代文學的人數也是日漸上升的」，〔註3〕夏志清和普實克是海

〔註1〕 特里・伊格爾頓，《二十世紀西方文藝理論》，西安，陝西師大出版社，1986年版，13頁。
〔註2〕 賀桂梅，「純文學的意識形態和知識譜系」，《山東社會科學》，2007年第二期。
〔註3〕 原電子檔缺漏。

外漢學研究的重要學者，他們的研究顯示出海外漢學的實力和水平。我們在考察八十年代的現代文學歷史的書寫時，不難發現他們爲我們提供的研究座標和文學參照的意義，重新梳理海外的聲音對八十年代文學重評的作用方式、影響、結果，以及海外漢學研究的內部差異已經成爲重要的學科史問題，使我們更清晰地考量八十年代現代化意識形態之下的「重寫文學史」。而轉型語境是如何支配及影響了那一宏偉的「重寫」工程，海外漢學爲重寫提供那些有意義的理論資源和書寫鏡像，海外文學重評中哪些歷史座標的位移爲國內現代文學經典重構提供了賴以定位的參照，純文學理念如何參與並促動文學史的重寫，而這一「重寫」所生產的「知識」又是如何成爲那一特定時代語境的表徵……這些饒有趣味的話題成爲吸引我們重返文學重評現場的關鍵。

6.1 《中國現代小說史》的重評標準

「重寫文學史」與文學重評一樣是轉型語境中意識形態需要引發的學術革命，施蟄存曾經表達過自己對文學史重寫的看法：「從來沒有想到寫文學史會成爲一個問題。寫文學史，從來沒有『專利權』。……每一部都是獨立的著作，表現了作者自己的文學史觀，誰也不是對另一作者的『重寫』」。〔註4〕因此文學史似乎不必強調「重寫，而僅僅是「另寫」，但是在八十年代的「重評」「重寫」潮流中，無論是具體的重寫操作者，還是首發先聲的倡導者，都在強化這一原本是「另寫」的文學研究是在具體對象面前有的放矢地「重寫」，並且注重個體經驗的「個人化色彩」強烈的文學史書寫恰恰是「重寫者」力求實現的理想形態和「另寫」的上乘境界，從而讓眾人矚目的「重寫文學史」眞正具備了「革命」內涵，夏志清《中國現代小說史》則給予了這種「文學史革命」以「經典解讀」趨向上的示範意義，「當時現代文學界正致力於『重寫文學史』，夏志清的小說史中對現代小說家及其作品的評價和論述，以諸種或隱或顯的方式進入了中國學者重估現代文學的視野。無論是讚同還是質疑，現代文學研究者都很難迴避與夏志清《小說史》中所闡發的觀點進行對話或潛對話」〔註5〕。

〔註4〕施蟄存，「文學史不需『重寫』」，《施蟄存七十年文選》，上海，上海文藝出版社，1996年版．

〔註5〕吳曉東，「小說史理念的內在視景——評夏志清的『中國現代小說史』」，《中國圖書評論》，2006年第三期。

　　實際上，作為海外漢學研究的重要成果，《中國現代小說史》在 1961 年剛出版就曾經贏得高度讚譽。DavidT.Roy（美國芝加哥大學，當時在哈佛寫博士論文）稱這是「第一本嚴肅地研究中國現代小說的英語作品，也是現有同類專論中最好的一本。……不僅專家，即使是對中國或文學有興趣的每一位讀者，都會被它所吸引。」〔註6〕在它出版三十八年後，普林斯頓大學的 Perry Link 指出，此書在「中國現代文學研究上，仍無可取代。沒有任何著作可以比它更能模塑我們對中國現代文學的基本概念。夏志清敏銳的洞察力、優美的文字，令《小說史》讀起來極富趣味、極具啟發性。」〔註7〕而李歐梵也表示：「夏志清的書至今已是公認的經典之作。他真正開闢了一個新領域，為美國作同類研究的後學掃除障礙。我們全都受益於夏志清。」〔註8〕因此文學重評中，整個知識界蔓延著一種以「去革命化」為終級目標的學術期待，夏志清《中國現代小說史》（1979 年版）的文學史敘述模式以這種「注重個人體驗」的去政治化的理想狀態進入大陸知識界，並且充當了恰逢其時的歷史路標對文學史書寫產生影響，一方面這種極具陌生化效果的研究姿態和範式構成 80 年代以來「重寫文學史」的重要動力，推動了文學史重寫行為的潮流化，另一方面又作為效果明顯的示範榜樣在「重寫」的具體操作上提供了的書寫規範，其中包括進行文學史判斷的一套嶄新完整的價值座標和革命文學史經典崩潰後重建的新文學經典秩序。〔註9〕

　　劉再復針對「重寫文學史」的立場和出發點曾表達過這樣的看法：「80 年代，大陸一群思想者與學人從『文化大革命』的巨大歷史教訓中得到教育，知道放下政治鬥爭留下的包袱與敵意是何等重要，換句話說，批評應當揚棄任何敵意，而懷著敬意與愛意。對任何作家，不管他過去選擇何種政治立場，

〔註 6〕 David T.Roy，載夏志清《中國現代小說史‧作者中譯本序》，劉紹銘等譯，香港中文大學出版社 2001 年，（原載波士頓 1961 年 4 月 13 日 Christian Science Monitor）。

〔註 7〕 Perry Link（普林斯頓大學），載夏志清《中國現代小說史‧作者中譯本序》，劉紹銘等譯，香港中文大學出版社 2001 年，封底。。

〔註 8〕 王德威，《重讀夏志清教授〈中國現代小說史―英文本第三版導言》，復旦大學出版社 2005 年，第 5 頁。

〔註 9〕 曠新年，「重寫文學史的終結」，載《南方文壇》2003 年第 1 期。「夏志清的《中國現代小說史》構成了大陸 80 年代以來『重寫文學史』的最重要的動力，它不僅有力地推動了大陸的『重寫文學史』運動，同時在『重寫文學史』的實踐上具有明顯的規範意義。在某種意義上，它意味著當代文學史典範的變革」

都可以批評，但這種批評應當是同情的、理解的、審美的。」〔註 10〕在這裡「政治鬥爭的敵意」與「寬容審美的研究姿態」形成了一種新的二元對立的兩極，「審美的」研究思路開拓了現代文學研究的疆域，由它帶來的活力和生機直接體現在重寫文學史潮流中。在重寫中，最早經歷回收並被予以「經典」待遇的左翼體系之外的作家是沈從文、張愛玲、錢鍾書，「從 50 年代到 70 年代，所有大陸的現當代文學史，文學評論，都把張愛玲剔除在外」，〔註 11〕在英文版的《中國現代小說史》中，「首次把張愛玲與魯迅、沈從文相提並論，使她的小說得以進入文學的殿堂。」〔註 12〕因此夏志清小說史的功勞之一就是「把被歷史活埋的幾位現代作家從權力的重壓下和意識形態的塵土中開掘出來，讓他們重見天光，並把他們推向現代文學史的應有地位，從而打開了現代文學研究很有特色的一頁。〔註 13〕」

　　八十年代中後期，「二十世紀中國文學」命題的論證、「重寫文學史」的討論，包括張愛玲、沈從文、錢鍾書等作家從歷史的湮沒中被重新發現和熱捧等都或多或少與夏志清文學史觀帶給我們的衝擊不無關係，夏志清的小說史中對現代小說家及其作品的評價和論述，以諸種或隱或顯的方式進入了中國學者的視野，參與了經典重評和文學史重寫。1979 年，完整的中文版《中國現代小說史》，由香港友聯出版社推出，臺北傳記出版社也於 1985 年付印，80 年代初，它的英文版和中文繁體版已通過各種渠道進入國內學界。1983 年第 7 期的《魯迅研究月刊》，發表了丁爾綱的《評夏志清著中國現代小說史》，總結認爲「夏志清在論著中背離自己的宣言，在嚴肅的學術探討和政治偏見、藝術偏愛之間徘徊」；1983 年第 4 期的《四川大學學報》刊登了華忱之的《夏志清中國現代小說史評析》，指出政治偏見和唯心主義文藝觀錮蔽了夏志清的藝術視野，使書中出現許多偏頗謬誤。《文藝情況》、《文藝報》和《魯迅研究動態》等內部或公開的刊物先後發表署名文章，批判《中國現代小說史》作者的政治立場和由此導致的「偏見」。然而對《小說史》的批判和感受小說史

〔註10〕　劉再復，「張愛玲的小說與夏志清的『中國現代小說史』」，劉紹銘，《再讀張愛玲》，濟南，山東畫報出版社，2004 年版 32 頁。

〔註11〕　劉再復，「張愛玲的小說與夏志清的『中國現代小說史』」，劉紹銘，《再讀張愛玲》，濟南，山東畫報出版社，2004 年版 32 頁。

〔註12〕　鄭樹森，「夏公與張學」，《再讀張愛玲》，濟南，山東畫報出版社，2004 年版，3 頁。

〔註13〕　劉再復，「張愛玲的小說與夏志清的『中國現代小說史』」，《再讀張愛玲》，濟南，山東畫報出版社，2004 年版，32 頁。

新的學術觀念的衝擊在大陸學界是同時展開的，臺灣學者龔鵬程甚至這樣評述「重寫文學史」背後的脈落，「當大陸文壇希望能掙脫舊的框架，恢覆文學之主體性，不再讓文學研究從屬於政治時，他們考慮到的，正是夏志清所走的路」。〔註 14〕在回顧這種學術發展流程時，學術界甚至把這種由夏志清小說史帶來的啟蒙契機稱為「夏志清現象」。〔註 15〕

　　關於小說史的編纂規則，陳平原在其專著《小說史：理論與實踐》中這樣界定「小說史意識」：「對於小說發展模式的整體觀照，目的是建立一套確定作家作品位置和作用，以及闡釋小說藝術現象的理論框架和操作程序。小說史意識的具體內涵，起碼應包括小說發展模式、小說發展動力、小說史分期原則以及小說史體例等。」夏志清在其《序言》中聲明：「本書當然無意成為政治、經濟、社會學研究的附庸。文學史家的首要任務是發掘、品評傑作，如果僅視文學為一個時代文化、政治的反映，他其實已經放棄了對文學及其他領域學者的義務。」在這樣的出發點下，《中國現代小說史》的佈局呈現出如下特徵：全書設為三編、十九章。其中第一編以「初期」為題，時間範圍是 1917～1927 年，包含四章，分別探討「文學革命」、「魯迅」、「文學研究會及其他：葉紹鈞、冰心、淩叔華、許地山」和「創造社：郭沫若、郁達夫」；第二編以「成長的十年」為題，時間範圍是 1928～1937 年，共有 8 章，除了第五、十一章為綜論「三十年代的左派作家和獨立作家」、「第一個階段的共產小說」，其餘各章專門探討茅盾、老舍、沈從文、張天翼、巴金和吳組緗的小說；第三編題為「抗戰期間及勝利以後」，時間範圍是 1937～1957 年，其中第十三、十八章研究「抗戰期間及勝利以後的中國文學」、「第二個階段的共產小說」，另外幾章則論析「資深作家：茅盾、沈從文、老舍、巴金」，以及張愛玲、錢鍾書和師陀，第十九章為「結論」，並且附有長達數十頁的參考書目，便於讀者查閱。1971 年《中國現代小說史》增訂二版出書，夏志清添加《一九五八年以來中國大陸的文學》作為該書的結尾，另外放在附錄有 1967 年發表的論文《現代中國文學感時憂國的精神》，以及評臺灣作家《姜貴的兩部小說》。這是最早進入大陸研究者視野的《小說史》的原貌，即使在被批評時仍然得到了這樣的肯定——「論題的範圍雖是小說，基礎卻搭在整個文藝

〔註 14〕龔鵬程，「小說的道路──論夏志清『中國現代小說』」，陳義芝編《臺灣文學經典研討會論文集》，臺北，聯經出版社。
〔註 15〕王海龍，『西方漢學與中國批評方式』，《揚州大學學報》，1998 年第五期。

運動、文藝思潮和文藝思想鬥爭發展歷史的背景上。每編都單闢一章縱論文藝運動、文藝思潮和文藝思想鬥爭來描敘歷史發展線索，再加上結論與附錄之一、之三，連綴一起，大體勾勒出中國現代文學史的整體輪廓。作者採用了夾敘夾議的手法，評介創作概況，既照顧到思潮流派，又兼顧到別的文體，使小說評述的建築群置於整個庭園的鳥瞰圖中，點面結合，以點為主，點和面又都統一在貫串線上，給人以較完整的印象。」〔註16〕

在談到規劃《小說史》整體格局的初衷時，夏志清表示：「身為文學史家，我的首要工作是優美作品之發現與評審，這個宗旨我至今仍抱定不放」。在小說史的結論中，夏志清流露出對大陸知識界在五、六十年代形成的現代文學史規範的遺憾：「社會主義在中國的成功，使一般人幾乎毫不批判地接受了大陸對中國現代文學的看法。對於那些代表了大陸的文學成就的創作或批評作品，近年來港、臺的批評家所能做的只是貶抑譴責而已。他們急於批評大陸一向的宣傳，卻忽略了應該尋找一個更具備文學意義的批評系統。一部文學史，如果要寫得有價值，得有其獨到之處，不能因政治或宗教的立場而有任何偏頗。」「時下的大陸文學史家，卻不能這樣做。對大陸文學史家來說，文學價值的優劣，是與作家本身政治的正統性成正比。一位作者的聲望，終須視他在文壇與政治上的地位，以及他能否保持對黨忠貞不貳的清白記錄而定。」〔註17〕

正如耀斯所說：「我們從不空著手進入認識的境界，而總是攜帶著一大堆熟悉的信仰和期望。」〔註18〕上文這些表述和特殊的文學史處理手段顯示出，夏志清在醞釀文學史的過程中，大陸的革命文學史觀成為他提煉個人文學史評價標準的重要參照，而其視為「他者」的就是「重寫文學史」意欲顛覆的革命文學史範式，也是社會－歷史批評的文學評價標準。夏志清在其 1979 年中譯本序提示過他研究的兩個基點：其一是《小說史》寫作時期的冷戰氛圍以及著者自覺的冷戰意識（反共），另一則是「新批評理論，尤其是英國批評家利維斯的《偉大的傳統》對於著者的影響」。根據鄭樹森的研究，夏志清在出國赴美前就念過英國評論家燕卜遜的《七種歧義論》（seven types of ambiguity）。儘管「燕普遜在出道時與美國的新批評學派全無瓜葛，但其特重文字、肌理的批評方法與後者異曲同工」。在夏志清前往耶魯大學攻讀英國文

〔註16〕丁爾綱，「評夏志清著『中國現代小說史』」《魯迅研究月刊》1983 年第 7 期的。
〔註17〕夏志清，《中國現代小說史》，上海，復旦大學出版社，2005 年版。第 318 頁。
〔註18〕漢斯・羅伯特・耀斯，《審美經驗與文學解釋學・作者中文版前言》，上海，譯文出版社，2006 年 4 月版，第 6 頁。

學博士時候，曾經修過布魯克斯（cleanth brooks）的課程，同蘭遜和泰特也曾經有過接觸，這三人中，布魯克斯以形式主義的詩歌分析馳名，泰特則以短篇小說的形式主義分析飲譽，兩人都有純理論文字但又不及蘭遜在說明體系方面之完整。這三位新批評大師都是作為新批評的重鎮——耶魯大學的老師給予夏志清形式主義分析的影響，夏志清因此在新批評的重要刊物《懇吟評論》（kenyon review）上發表英文論文。而且夏志清討論英國演習新古典主義詩風的 george crabbe 的博士論文由波陶一手指導，後者對英國型古典主義和浪漫主義都有研究，也與新批評學派的諸位成員之間聲氣相求。〔註 19〕1961年，夏志清在《小說史》的英文本初版序言中發表宣言：承認自己也是個新批評的信奉者——「到了五十年代初期，『新批評』派的小說評價已經很有成績。一九五二年出版，阿爾德立基編纂的那部《現代小說評論選，1920-51）），錄選了不少名文（不盡是『新批評』派的），對我很有用。」〔註 20〕

　　保羅‧梵‧第根在《比較文學》的引言中確定了文學史家應遵循的方法「首先要做的是進行一種選擇：只有那些能提供一種價值，一種文學價值，也就是最起碼的藝術價值的東西才稱得上是文學。這些作品給人的精神、心靈提供一種多多少少是強烈的愉悅，在這種愉悅中往往已帶進了贊賞。」〔註 21〕在《小說史》的十九章中，有十一章完全由個別作家的名字構成，另外有兩章以文學組織、文學研究會和創造社以及它們各自的重要成員命名，裏邊的內容以個別作家小章劃分，其餘的幾章雖然沒有以作家的名字作為小標題，但論述的基本思路還是以作家和作品為中心，究竟以何種標準篩選作家成為考察這部小說史的關鍵。1952 開始研究中國現代小說時，以夏志清十多年的興趣和訓練，他已接受過更多西方文學的浸潤，「普魯斯特、托瑪斯‧曼、喬伊斯等世界文學大師的作品他都已讀過一些」。並且已經深入領會所謂「偉大的傳統」的內涵。〔註 22〕在李維斯看來，這些大家「都有

〔註 19〕 劉紹銘主編《再讀張愛玲》，濟南，山東畫報出版社，2004 年版，第五頁。

〔註 20〕 夏志清，「中譯本序」，《中國現代小說史》，上海，復旦大學出版社，2005 年7 月版，第 7 頁。

〔註 21〕 保羅‧梵‧第根，《比較文學》，轉引自《文學社會學》，杭州，浙江人民出版社，103 頁。

〔註 22〕 李維斯認為偉大的作家應該不僅是形式、手法和技巧上的創造性天才，更對道德關係和人性意識有著嚴肅的關懷，篩選出的真正的大家包括簡‧奧斯丁、艾略特、詹姆斯、康拉德、D. H.勞倫斯，建構出英國小說的「偉大的傳統」—— 一個一以貫之的、容納「偉大經典」的文學脈絡。

體驗生活的巨大能量，都對生活持有一種崇敬而開放的態度，都明顯有著一種強烈的道德意識。」他們那些最動人的作品「無非來自於對生命完整而深切的擁抱」。夏志清在英國文學的研究中，以李維斯的「偉大傳統」作爲標準，推崇西古希臘悲劇時代、英國的莎士比亞時代、俄國世紀後半期的小說時代大師們的作品，認爲這些作品「都借用人與人間的衝突來襯托出永遠耐人尋味的道德問題」「並對人生之謎作了極深入的探索」。而在「偉大傳統」之外的李維斯另一個觀點──「意義存在於文本之內，無需置於社會、政治、文學史、作者生平等脈絡下研究。眞正的文學和文學史永遠掌握於少數人手中。經典作品展現的是永恆的人性，不受政治、經濟、社會變遷的影響，只有閱讀這些經典作品才能提升一個人的精神世界和審美品位。」這一觀點和新批評學派的形式主義分析方法以及就文論文的研究立場成爲夏志清的《中國現代小說史》的內在框架，夏志清把文學創作的成品看作超脫歷史時空自身具足的存在物，在西方文學的座標體系內尋找現代文學經典，具體情況可見表格：

現代作家	西 方 參 照 作 家 、 作 品
魯迅	喬伊斯（JamesJoyce）、海明威、馬修・安諾德、賀拉斯（Hosace）、本・瓊生 Ben Jonson）赫青黎
葉紹鈞	《拉塞拉斯》（Rasselas）和契訶夫
郁達夫	波特萊爾和喬義斯
老舍	喬伊斯小說的布盧姆（Bloom）和德洛魯斯（Dedalus），亨利・菲爾了（Henry Fielding）的湯姆・瓊斯
沈從文	葉慈、華茲華斯的露西（Lucy）、邁爾克（michacl），福克納的莉娜・格羅夫（Lena Qiove）
張愛玲	凱瑟琳・曼斯菲爾德（Katherine mansfield），凱瑟琳・安・波特（Katherine Aun portec）、尤多拉・韋爾蒂（Eudora Welty）、卡森・麥卡勒斯（Carson Mecullers）、簡・奧斯汀（Gane Austin）等

現代闡釋學認爲，「任何理解和認識活動都是以認識者的前理解和先見爲前提的。正是前理解或者先見使認識成爲可能……任何新的理解產生之前，已經存在有一種理解，新的理解是由主體也處在的某種理解狀態開始，才可能由此擴展開來。」〔註 23〕這在表明夏志清的《中國現代小說史》是一種在

〔註23〕轉引自陶東風，《文學史哲學》，鄭州，河南人民出版社，1994 年版，5 頁。

前理解層面上進行的文學史判斷，是一種在新批評理論觀照下，以審美主義
和純文學爲座標進行的文學史書寫。實際上，在夏志清的自我表白中顯示出
《小說史》的研究立場：「有些工作應屬於文學史家的職責，照理應承擔，但
由於我關心的基本任務，是對此一時期重要的有代表性的作家進行批評地審
視，而非文史的報告……因而，我並沒有在小說的現代試驗與本土傳統之間
的關係作系統的研究；因而，雖然曾就西方文學對中國現代小說的影響發表
若干意見，卻沒有對這種影響作過任何系統的研究。不錯，我曾用比較的方
式列舉了不少西方的作品，但那主要是爲了有助於更精確地闡釋討論中的作
品，而不是企圖論證其淵源與影響……我也未曾把中國小說家慣用的技巧作
廣泛的比較研究，雖然，這類研究……對於評價上會有一定的價值……〔我
的〕首要任務在於區分與評價。」〔註 24〕顯然這一批評立場，與國內現代文
學研究一直希求的能夠與文學的意識形態標準相抗衡的純文學主張之間，存
在著理論上的同源性，但是也因爲其對純文學的強調放棄了歷史主義的眼光
而存在著某些「可疑」。

　　「一切批評總是或多或少以敏感的方式屬於一個總體的世界觀。在一個
特定的時代裏，在一種特定的社會制度下，批評家用一個民族的語言表達在
這個時代和這種制度下的一個民族的思想觀點。這就在使他說的話變得偉大
的同時勾勒出他的局限。」〔註 25〕路易・阿拉貢的這段話同樣適用於夏志清。
儘管王德威在評價《小說史》時針對夏志清在進行現代文學經典認定過程中
的西方文學視野爲進行解釋：「這位羈留海外多年的遊子，要在彼岸用另一種
方式返觀與探究文學、歷史與國家的命運」，《小說史》「更象徵了世變之下，
一個知識分子所作的現實決定既然離家去國，他在異鄉反而成爲自己國家文
化的代言人，並爲母國文化添加了一層世界向度」。〔註 26〕但是這種解釋在葉
維廉看來並不是很有說服力的：「這些中國作家所關心的時代與個人問題與西
方作家所關心的迥然不同，而夏志清實在是要求我們戴上西方作家的濾色鏡
來閱讀他們的作品，凡是熟識這些中國作家的歷史發展的人都會發現，在一
部作品中出現有關中西方作家美學的匯通，其形成的過程遠比上述浮光掠影

〔註 24〕 Toung Pao，L〔Leiden，1963〕PP，4z，一 30。
〔註 25〕 路易・阿拉貢：《論無邊的現實主義》「序言」。見羅傑・加洛蒂：《論無邊的
　　　　 現實主義》，天津，百花文藝出版社，1998 年版。第 2 頁。
〔註 26〕 王德威，「『中國現代小說史』第三版序」，夏志清，《中國現代小說史》，上海，
　　　　 復旦大學出版社，2005 年版。

式的暗示和意見要複雜得多。」〔註 27〕儘管這種評價體系顯示出夏志清小說史的「個人化」特徵，但是我們仍然無法迴避，《小說史》的全新視野和迥異評價標準帶給八十年代文學史重寫工作的震撼和啓示。

6.2 關於夏志清「重評」的再評價

儘管《中國現代小說史》得到了海外漢學界的高度認同和推廣，甚至被錢鍾書譽爲「文筆之雅，識力之定，迥異點鬼簿、戶口冊之論，足以開拓心胸，澡雪精神，不特名世，亦必傳世。」但在具有不同政治信仰的漢學家普實克（Jaroslaw Prusek）這裡，卻受到了強烈質疑。作爲捷克學者，普實克從三十年代起便以研究中國文學爲事業，在他主持下的捷克斯洛伐克科學院東方研究所，在五、六十年代曾是歐洲最負盛名的研究中國文學的中心，他的方法論來源於馬克思的人道主義觀點和歐洲大陸形式主義，以文藝社會學爲起點，研究文藝與社會之間的關係，從社會環境或歷史背景揭示文藝的起源和作品的特點。1961 年，普實克發表長文《中國現代文學史的根本問題》〔註 28〕，文中表示「我素來反對以武斷的偏執和無視人的尊嚴的態度進行學術討論，因此，對於夏志清此書中所存在的這些傾向，我必須首先澄清我的立場。只有這樣，才有可能對這本書中值得認眞研究的部分給予客觀的評論」，繼而普實克指責夏志清爲有嚴重政治偏見的主觀批評家，缺少任何國家的國民所必須有的思想感情，不瞭解文學的社會功能，漠視文學與歷史、政治的緊密關聯，也忽略了研究中國現代文學所應遵循的科學而客觀的方針。觀點的分歧和爭論的激烈顯示兩人立場上的巨大差異，因此普實克對夏志清小說史的批評在某種程度上就形成了文藝社會學與新批評兩種學術方法的一場對話。

在針對夏志清經典重構研究的重評中，普實克首先從研究者的身份、立場入手強調在文學史研究中克服研究者自身主觀性的重要意義：「任何一位學者和科學家的觀點和方法都部分地取決於一些主觀因素，例如他的社會，他所生活的時代，等等。總之，是由佛朗西斯·培根在好幾個世紀以前就講到

〔註 27〕葉維廉，「歷史整體性與中國現代文學研究之省思」，《中國現代文學研究叢刊》1988 年。

〔註 28〕普實克，「中國現代文學史的根本問題」，《普實克中國現代文學論文集》，湖南文藝出版社，1987 年，211 頁。

的那些精神偶像決定的」「然而，如果一位研究人員不是旨在發現客觀眞理，不去努力克服自己的個人傾向性和偏見，反而利用科學工作之機放縱這種偏狹，那麼所有科學研究都將是毫無意義的。如果一部著作是爲更大範圍的讀者所寫，並涉及一個讀者對其不能自己作出判斷的問題，特別是當這一問題是讀者可能以片面方法來理解時，對客觀性的要求便更爲重要，該作者的責任也更加重大。毫無疑問，研究中國現代及最近的文學需要一種特殊程度的客觀性，因爲包括專業漢學家在內絕大多數讀者不能獨立矯正作者的觀點，因爲他們所涉及的問題不具備足夠的知識，而且同評論英國、法國、或者俄國文學比起來，在評論中國現代文學中，作者由於個人偏見而使觀點帶有傾向性、甚至歪曲事實的危險要大得多。」然後據此出發，普實克重點考察夏志清《中國現代小說史》的文學史判斷對這一原則的體現，在閱讀原作的過程中，普實克首先指出夏志清在針對他人研究的評價中顯示出對這種客觀性原則的認同——「我們現在討論的這本書的作者承認對客觀性提出要求的，但卻僅僅是對其他作者，而不適用於本人。例如，他對研究中國現代文學的天主教作家們同他自己的觀點不一致而進行了非難」﹝註29﹞繼而，作者毫不留情地指出「不幸的是，正如我們將以一系列實例來證明，夏志清此書的絕大部分內容恰恰是滿足外在的政治標準」，從而由文學評價的雙重標準嫌疑入手，質疑夏志清文學史研究的客觀和公正——「只要讀一下此書的章節標題，什麼『左翼和共和派』『共產主義小說』『遵從』『違抗』『成就』等等，就足以看出，夏志清小說用以評價和劃分作者的標準首先是政治性的，而不是基於藝術標準。」

　　爲了證明自己的判斷，普實克引用了夏志清的原文：「在對中國現代小說的研究中，我主要是以對文學價值的考慮爲基礎，……那些我對其表示了肯定或贊賞的作家的技巧、觀點和想像與其他同期作家的並無差異，但由於他們的天賦和誠實，他們抵制了，並在一些值得注意的情況下轉化了那些淺薄的改良派和宣傳分子的力量，從而形成一種傳統，其文學特徵不同於主要由左翼和共產黨作家構成的傳統。」在普實克看來，這段話便是夏志清混淆文藝標準和政治標準的實證，認爲夏志清在進行文學史判斷時以作家的政治身

〔註29〕夏志清，《中國現代小說史》，第 496 頁。夏志清原文如下「一部文學史要有
　　　　價值就必須是一種辨別的嘗試」，而不是一個爲了滿足外在政治和宗教標準而
　　　　進行的帶偏見的概述。」

份為準繩首先進行政治意義上的鑒別，其次才是文學意義上的評價，因此《中國現代小說史》的客觀性是不可靠的。而且，作為文學史家在進行文學歷史描述的評價尺度和批評口吻的變化也同樣顯示出該文學史作者未能有效克服寫作主體的主觀性，從而影響了歷史的客觀再現。「夏志清在評述各位左翼作家方面的幹勁同他在涉及愛國主義問題時所表現的近乎不嚴肅的敷衍形成一種不可思議的對照」「使我們更為驚訝的是他的評論在語氣上的不一致。談到左翼作家時他頗帶嘲諷或至少是相當冷淡的，而對於反共作家和那些不同情左派運動的作家，他卻毫不吝惜地使用了最美好的詞藻。」文學史家的評價口徑和尺度差異巨大，普實克認為原因在於夏志清評價文學現象時秉持政治上的雙重標準。而這種雙重標準直接體現在小說史寫作中的表現就是：小說史憑藉李維斯「偉大的傳統」所提供的道德維度和形式主義文本分析的純文學研究視角，梳理出「諷刺的人道的寫實主義」的小說傳統與「宣傳的」、「迷信理想」的小說傳統，但是這種兩個小說傳統相互鬥爭的敘述方式在材料的取捨和篇幅的分配中顯示出小說史並非客觀的敘述，而是在其中寄寓了相當強烈的價值判斷。普實克做了如下梳理：

討 論 作 家	所佔篇幅（頁）
張愛玲	43 頁
魯迅	27 頁
茅盾	25 頁
老舍	24
第一期共產主義小說	17
第二期共產主義小說	18

普實克在研究中發現，《小說史》的寫作在張愛玲幾篇重要小說的評述專章篇幅是魯迅專章一倍的同時，張愛玲遠離大陸後在香港完成完成的「反共小說」也得到了夏志清的關注，而這種對於「親左翼文學」的文學史歧視，普實克認為原因在於《小說史》作者不能以「歷史主義的態度」公正地看待特殊歷史條件下左翼的文學選擇和它巨大的社會影響——「這種令人費解的歪曲評價不僅說明夏志清缺少任何國家之國民所必有的思想感情，而且向我們表明他沒有能力公正地估價一個特定時期文學的作用和使命。他可能不承認文學具有社會作用，但這種作用確實存在，作家應該對他的生活和創作向

他所從屬的社會負責。我認為，正是由於未能理解文學的這種社會意義，他論述文學革命的導言章沒有能夠對 1918 年以來中國文學中所發生的一切作出正確或全面的判斷。」實際上，普實克評價夏志清《小說史》的思路完全可以用列寧的說法來概括「為了解決社會科學問題，為了真正獲得正確處理這個問題的本領而不被一大堆細節或各種爭執意見所迷惑，為了用科學眼光觀察這個問題，最可靠、最必需、最重要的就是不要忘記基本的歷史聯繫，考察每個問題都要看某種現象在歷史上怎樣產生，在發展中經過了哪些主要階段，並根據它的這種發展去考察這一事物現在是怎樣的。」〔註30〕

　　因為上述思考方向的相悖，夏志清和普實克在研究中都注意茅盾和老舍的差異——即茅盾更加關注時代風雲，社會運動和變遷，個人命運只有和時代社會變遷相關時，才會被注意，而老舍則更關心個人的命運，雖然也會從個人的命運中來透露時代問題。但是他們雖然對兩位作家的特徵和意義的認識完全一致，卻做出了相反的文學史判斷：夏志清推崇老舍而抑茅盾，而普實克則認為茅盾比老舍的價值高得多。夏志清在《中國現代小說史》中，將茅盾和老舍進行了對讀：「老舍和茅盾……在很多方面都形成一種有趣的對照。茅盾使用華麗的文學詞藻，而老舍至多是採用一種純粹的北京土話。用歷來對南北方兩地文學的不同感受來衡量，我們或許可以說老舍代表著北方，注重個人，直率幽默；而茅盾則代表轉為女性的南方，浪漫，多情，憂鬱。茅盾由於他的一系列女主人公而著稱；老舍的主角們卻幾乎永遠是男人，而且只要有可能，他就能迴避浪漫的題材。茅盾記錄的是女性對中國當時歷史動亂的被動反響；老舍則對個人命運比社會力量更加關注，因而他是行動上表現他的主人公。」（187 頁）夏志清對《駱駝祥子》的評價是，「中日戰爭前夕寫的，可以說是那時候為止的最佳現代小說。」他認為老舍「顯然還是獨立作家；而《駱駝祥子》儘管免不了有缺點，基本上仍不失為一本感人很深、結構嚴謹的真正寫實主義小說。」（206 頁）

　　對於夏志清對老舍和茅盾的比較，普實克發出了相反的聲音。他同意老舍的確是夏志清所說的那樣對「個人命運和社會力量」更為關注，但認為「茅盾和老舍之間的主要區別必須從其他方面來找，茅盾旨在概括中國在一個特定歷史時期的社會問題，個別人物的奇異命運只有在服務於表現社會問題的

〔註30〕列寧，「論國家」，《列寧選集》第 4 卷，北京，人民出版社，1972 年版，第 43～44 頁。

範圍內才使他感興趣。爲了更加透徹地揭示那些社會勢力的作用，茅盾經常描寫他們摧殘的人的遭遇，徒勞地試圖對這種現象進行反抗。因此，茅盾的特點不是所謂『記錄女性對中國當時歷史動亂的被動反響』，而是一種爲正確和令人信服地描寫中國社會問題而精心設計的方法，我們實際上可以稱之爲科學的方法。」（244 頁）而且普實克強調茅盾把文學視爲政治鬥爭中的一件重要武器，爲了表現當時社會現狀不能令人容忍的性質，他選擇婦女來充當他小說中的主要角色，因爲在那個特定的社會背景下，她們的遭遇通常要比男人的更爲殘酷，茅盾的主人公們在任何方面都不比老舍的主角們缺乏活力，他們同自己的命運做更頑強的鬥爭，但是，與他們在當時歷史背景下的社會地位是一致的。因此夏志清認爲「轉爲女性的南方，浪漫，多情，憂鬱」的理論是毫無根據的。立足於上述考察和比較，普實克斷定《小說史》脫離了中國現代文藝復興的整個社會歷史背景與複雜過程，沒有考慮到這場運動中中國人民肩負的歷史使命、文學使命，也沒有將中國現代小說與傳統小說及當時世界文學的「關係」做科學地考察與比較，同時忽略了歐洲漢學家們的研究成果，而試圖以「沒有偏見的寓意探索」爲出發點，對文學做出了帶有強烈政治和文學偏見的主觀評論，並且導致了對《小說史》整體格局的質疑：「這些數字本身證明夏志清的書中缺少平衡」「這是一部不科學、不嚴謹的文學史著作。〔註 31〕」這種對文學與社會生活關係的認識差異導致的對對方學術研究結論的質疑，顯示出普實克與夏志清知識背景和理論立場的巨大差異。

誠如雷·韋勒克所言，「在文學史中，簡直就沒有完全屬於中性『事實』的材料。材料的取捨，更顯示對價值的判斷；初步簡單地從一般著作中選出文學作品，分配不同的篇幅去討論這個或那個作家，都是一種取捨與判斷。甚至在確定一個年份或一個書名時都表現了某種已經形成的判斷，這就是在千百萬本書或事件之中何以要選取這一本書或這一個事件來論述的判斷。〔註32〕因此陳平原就這場因文學史描述引起的激烈爭論作了中肯分析，他認爲除了政治傾向和文學觀念的差異外，就是雙方對小說史體例的看法相去甚遠。「夏志清受新批評派影響，注重作品本文閱讀，堅認文學史家首要的工

〔註31〕 普實克，「中國現代文學史的根本問題」，《普實克中國現代文學論文集》，湖南文藝出版社，1987 年，211 頁。
〔註32〕 〔美〕韋勒克、沃倫，《文學理論》，北京，生活·讀書·新知三聯書店，1984年版，32 頁。

作是優美作品之發現與評審，故在體例設計中更多考慮『哪幾位作家值得專章討論』。普實克則有馬克思主義理論背景，傾向於把文學本文置於它們所產生的時代，將『文學現象正確地同當時的歷史客觀相聯繫，以便在更廣泛的文化氛圍中理解文學的變遷』。因此普實克批評夏志清的小說史缺乏『系統和科學的研究』，滿足於『運用文學批評家的做法』，是作品論而不是文學史」。這樣的評述解釋了在「新批評」和「社會歷史批評」兩種視野的觀照下，夏志清和普實克在作品審美判斷可能一樣的前提下會作出截然相反的文學史判斷的原因，因此葉維廉又把這場知識話語和文學史意識的交鋒稱為「歷史方法和超歷史方法的論爭」〔註33〕。

6.3　海外重評的意識形態視角

　　作為新的文學史書寫範式的象徵，夏志清在「新批評」理論的規範和訓練下形成的「文學」理解為重寫文學史展示了新的標準——審美主義和「純文學」，在夏志清與普實克之間的巨大分歧也顯示出當時的文學研究無法迴避的意識形態語境，即冷戰氛圍顯示出構造「文學／政治」二元結構的歷史語境，兩者分別接受了不同的學術資源和理論支持，他們之間歷史方法與超歷史方法，社會批評與新批評，外與內之間的觀點差異從側面驗證了佛克馬、蟻布思的觀點：「我們到目前為止一直在談論文學經典。認為它們是精選出來的一些著名作品，很有價值，用於教育而且起到了為文學批評提供參照系的作用」，但「這個定義有一個缺陷，即它是被動地被建構起來的，對於什麼機構作出的選擇和價值判斷，或者是誰指定的作為學校讀物的作品則隻字未提。這種定義遺留下了『誰的經典』這個未被回答的問題。或許這種開放式結局是不可避免的。因為誰維護著何種經典的問題是必須要在具體情況下進行研究的。」〔註34〕

　　文學史研究總是在一定的意識形態語境下進行的，而經典指認作為文學史的重要任務也不可避免地呈現出政治性指向。因此，經典序列的更迭以及文學史重寫也通常是在與意識形態密切相關的特殊氛圍中實現「破舊立新」。

〔註33〕葉維廉，「歷史整體性與中國現代文學研究之省思」，《中國現代文學研究叢刊》1988 年。

〔註34〕福克馬、蟻布思，《文學研究與文化參與》，北京，北京大學出版社，1995 年版，第 50 頁。

劉再復在提出「主體論」理論時說過:「我們解放後已經形成的文學研究成果,特別是文學史和文學概論著作,已經形成兩個參照系統:一是政治鬥爭編年史的參照系統;二是作家政治履歷參照系統。在這兩個參照系統的制約下,我們才進入作品的評價。這樣,對作品的評價和作家在整個文學史的地位在很大程度上就被這兩個參照系統所決定。……把文學史變成政治鬥爭史的文學版,文學變成政治母系統中的一個子系統,政治與文學的關係變成一種線性因果關係。」「通過參照系統的新開拓,我們將編寫出新的外國與中國的古代、現代、當代文學史,改變那種把文學觀念作為經濟政治發展的附生物的研究方法,而把文學當成人類歷史發展的自我肯定手段。」〔註 35〕八十年代的文化界,伴隨著整個社會的「現代化」思路,文學研究的現代化也隨著海外社會科學的研究方法引入而展開。在努力擺脫「工具論」的影響,努力實現文學獨立性的前提下,新批評的「內部研究」和「純文學」理念支持了新時期文學重評的去政治化願望。然而「當界限是用來指導學科規訓的執業者時,分門劃界就決定要包括哪些方法和理論,哪些要排除,哪些可以引進」,〔註 36〕「新批評」理論作為提供「純文學」系統的知識表述,理論上顯示出文學研究努力實現的去意識形態目標,卻在文學「內部」「外部」的嚴格規劃中客觀呈現出某種權力的特徵。因此儘管夏志清對現代小說的歷史講述並沒有對學科的規劃整體框架和脈絡進行全面顛覆,但是講述中被引進的「新批評」這種理論方法就成為分門劃界的一種權力手段。而「80 年代,整個中國知識界都在尋找新的理論和學術話語,希望從舊的準社會學式的思想方法和話語結構中突圍出去。當時的文學、藝術批評是最活躍的領域之一,像一個大的理論試驗場,許多理論都被挪用到文學批評中來。」〔註 37〕「新批評」的理論家韋勒克和沃倫合著的《文學理論》也在這一背景下,被作為文學理論的「聖經」譯介到中國並且發生了覆蓋性的影響,《文學理論》所提出的有關「內部研究」和「外部研究」的剖析被學界迅速接受。此書的譯者在 2005年重印本前言中寫道:「1984 年,我們翻譯的《文學理論》由三聯書店出版,在國內學術界產生了很大的影響。此書連續印刷兩次,發行數萬冊(第一次

〔註 35〕劉再復,「文學研究應以人為思維中心」,《文匯報》,1985 年 7 月 8 日。

〔註 36〕華勒斯坦等,《學科‧知識‧權力》,北京,生活讀書新知三聯書店,1999 年版,22 頁。

〔註 37〕戴錦華,《猶在鏡中——戴錦華訪談錄》,北京,知識出版社,1998 年版,4頁。

印刷 34000 冊，第二次 44000 冊），使許多文人學者瞭解了他的理論。從那時至今的 20 年間，《文學理論》被許多高校的中文系用作教科書，還被教育部列入中文系學生閱讀的 100 本推薦書目中。」《文學理論》所以廣受歡迎成爲很大程度上源於它將文學研究區分爲「外部研究」與「內部研究」的核心觀點，與當時「去意識形態」化的歷史訴求一拍即合，不僅認爲「文學研究應該絕對是『文學的』」，而且提出「文學並不能代替社會學或政治學，文學有它自己的存在理由和目的」。這種關於文學「內部研究」「外部研究」的區分可以非常順利地過渡爲「文學」「政治」的區別，並且「文學研究的合情合理的出發點是解釋和分析作品本身」，圍繞著文學作品劃定了一個封閉的界限，文學與作家傳記、創作心理學、社會、思想及其他藝術的關係的研究被視爲「外部」的，也就是『非文學』的。新批評給予八十年代的人文知識界新的表述方式，成爲「文學回到自身」和「把文學史還給文學」的潮流中最重要的理論支撐之一。南帆準確地概括 80 年代「純文學」概念的涵義：「相對於古典現實主義的敘事成規，相對於再現社會、歷史畫卷的傳統，特別是相對於五六十年代的『戰歌』和『頌歌』傳統，人們提出了另一種文學理想。人們設想存在另一種『純粹』的文學，這種文學更加關注語言與形式自身的意義，更加關注人物的內心世界──因而也就更像眞正的『文學』。」〔註38〕八十年代理論界重新啓用「純文學」作爲理論支點，爲當代文學傳統中的左翼文學、極左文學和五四新文學的評價突破提供了學理依據，在這種「新批評」被廣泛接受的背景下，「內部研究」究竟如何取代「外部研究」並不是問題的關鍵，二元對立的冷戰歷史結構如何使「新批評」具有了「純文學」的有效性成爲更值得我們關注的問題。特里·伊格爾頓曾直截了當地指出：「審美只不過是政治之無意識的代名詞：它只不過是社會和諧在我們的感覺上記錄自己、在我們的情感裏留下印記的方式而已，美只是憑藉肉體實施的政治秩序」〔註39〕因此唐弢發出「寫文學史，寫誰不寫誰，的確是一門很大的學問啊」的慨歎。〔註40〕而且新批評理論在形式主義分析中蘊含的純文學理念成功地將文學史書寫中「誰的經典」這樣一個極爲複雜的社會學層面的問題精簡爲

〔註38〕　南帆，「空洞的理念」，《上海文學》，2001 年第 6 期。

〔註39〕　特里·伊格爾頓，劉峰等譯，《文學原理引論》，北京，文化藝術出版社，1987
年版，87 頁。

〔註40〕　唐弢，「關於現代文學史的編寫問題」，北京師範大學中文系現代文學教研室
編，《現代文學論爭》，北京，北京師範大學出版社，1984 年出版，4 頁。

一個美學層面的問題，爲另一種文學史經典序列的構建提供相應的學理依據。而「新批評」理論構架內部蘊含的「內部」與「外部」概念，與二次大戰後整個世界政治文化格局中的「中國／西方」、「內／外」、「社會主義／資本主義」形成了一種文學研究與文化語境之間的高度契合和遙相呼應。在當代文學開端的歷史描述中，「新中國的成立標誌著中國長達半個多世紀的戰爭局面的結束」「儘管在臺灣海峽兩岸還對峙著兩個政治敵對的政權」「儘管中國大陸的共產黨政權長期處於冷戰的威脅之下，一度還捲入了鄰國的軍事衝突」，（陳思和《中國當代文學史教程》）這表明對立成爲當代文學重要的發生背景，在與戰爭相關的「文化氛圍的制約下」形成的「二元對立的思維模式」更成爲當代文學生成中的「戰爭文化規範」〔註41〕的核心。而這種二元對立的戰爭文化心理與冷戰歷史的基本結構，即非此即彼的歷史邏輯，和「敵／友」「內部」與「外部」的嚴格切分完全是同源而生的相似產物，「新批評」理論在這種冷戰文化背景下解決了文學與政治之間的曖昧關係，以及文學研究的意識形態化帶來的合法性焦慮，爲文學的所謂「純態講述」提供著如何劃定文學「內部」和「外部」的專業化知識表述。

冷戰歷史形成的「文學／政治」的二元結構與「新批評」互相印證，因此夏志清完成的「新批評」支撐下的純文學研究，與同一時間中國大陸民族國家框架下的現代文學史形象，是一種在冷戰歷史格局下的貌似不同實則血緣相近的文學歷史講述，構成了一組文學史書寫的二元對立。劉再復在其撰寫的《評張愛玲的小說與夏志清的〈中國現代小說史〉》一文中，對這一背景下夏志清小說史的純文學策略進行了質疑，批評小說史的整體框架，指出共產作家與非共產作家的分野和對立，對「非共產作家」大力推崇，多有溢美之詞，而對「共產作家」則用非文學評論語言進行嘲弄，以至產生離開文學的事實，完全用政治批評取代文學批評。這種偏見，是二十世紀兩極對立冷戰思維方式在文學研究中的投影，也是中國國共兩黨政治鬥爭、黨派鬥爭的烙印，可說是特定時代的風氣。如果說，那個年代大陸的現代小說史教科書太政治意識形態化，以致掩埋了非左翼陣營的張愛玲、沈從文、錢鍾書等作家，那麼夏志清先生則從另一個方向也同樣太政治意識形態化以致從另一個方向掩埋了那些政治傾向上同情「共產」和屬於「共產」的作家，因此，魯

〔註41〕陳思和，《中國當代文學史教程》，上海，復旦大學出版社，1999年版，5頁，6頁。

迅、丁玲、趙樹理等就變成夏先生掩埋的對象。「把被歷史掩埋的張愛玲、沈從文等拖出地表，這是對的，而著意把魯迅、丁玲、趙樹理等埋入歷史，則不對」，所以「夏志清先生的《中國現代小說史》和六、七十年代大陸的泛政治的小說史教科書對現代作家的價值估量儘管完全不同，但思維方式和批評尺度（包括批評態度）卻有共同點，這就是都無法擺脫冷戰意識形態在文學史寫作上的牽制和主宰『審美法庭』的背後都是『政治法庭』，或者說，文學批評的深層是政治批評。這是當時兩岸文壇共犯的時代病」。〔註42〕

　　海外漢學研究在文學史寫作過程中出現的話語交鋒，將文學研究中無法迴避的意識形態考驗具象化，八十年代中期，文學重評醞釀出「二十世紀中國文學」「新文學整體觀」等諸多文學史概念，試圖依靠對革命史觀的反撥來完成對「純文學」的想像。實際上，這些文學史概念是以「回歸五四」的「新啟蒙主義」為背景，依靠斷裂文學史觀和文學生產體制，以「現代化」為核心的新的話語權力的重構，因此呈現出新的「一體化」意識形態對舊的「一體化」意識形態的替換，從而與現代民族國家建構和八十年代主流政治話語之間形成一種事實上共謀關係。而這種在去意識形態的出發點上展開的意識形態化的文學史研究，也從側面再次驗證了福柯的說法：「哲學家，甚至知識分子總是努力劃一條不可逾越的界限，把象徵真理和自由的知識領域與權力運作的領域分割開來，以此確立和抬高自己的身份。可是我驚訝地發現，在人文學科裏，所有門類的知識的發展都與權力的實施密不可分。當然，你總是能發現某些獨立於權力之外的心理學理論或社會學理論。但是，總的來說，當社會變成科學研究的對象，人類行為變成供人分析和解決的問題，我認為，這一切都與權力的機制有關。……所以，人文學科是伴隨著權力的機制一道產生的。」〔註43〕

〔註42〕　劉再復，「評張愛玲的小說與夏志清的『中國現代小說史』」，載於《再讀張愛玲》，濟南，山東畫報出版社 2004 年版。

〔註43〕　福柯，《權力的眼睛——福柯訪談錄》，上海，上海人民出版社，1997 年，31頁。

結　語

　　文學重評是八十年代重要的文學現象，與「重寫文學史」思潮一同貫穿了八十年代的始終，是特殊語境下的現代文學的知識生產方式。在左翼文學經典的重讀以及文革主流文學的重評中，現代文學研究中至關重要的左翼文學評價問題得以凸顯。在新中國的文學史書寫中，一直作爲左翼文學的對立面而存在，在「當代文學／現代文學」、「主／次」之間的等級框架中居於邊緣的自由主義文學，也在重評中獲得合法性，從而醞釀生產了新的文學史書寫範式。在國家意識形態轉型的政治需要中，八十年代的中國現代文學研究者建構起了一整套新的知識譜系，作爲新時期主流文化清埋「文革」極左政治的方式之一，文學重評借助「純文學」、「啓蒙」、「現代化」、「民族國家」、「主體性」等全新的關鍵詞，構築了「專制」與「人」、「人性」的二元對立關係，動搖了「正統」的研究範式的地位，爲爾後的研究實踐打開了新的空間，進而誕生了八十年代重寫文學史的標誌性成果——《中國現代文學三十年》。而這種轉型語境下的文學重評也成爲一個重要關節點，聯繫著現代文學與當代文學、文學與政治、「純文學」與「工具論」、「左翼文學史觀」與「現代化文學史觀」以及文學體制與文學知識生產。

　　本文通過對 1978 年到 1989 年間的文學重評以及重寫文學史現象的梳理和考察，力圖勾勒出現代文學史的生成軌跡，從而還原出八十年代意義上的「純文學」想像。海登・懷特曾經說過：「沒有任何隨意紀錄下來的歷史事件本身可以形成一個故事；對於歷史學家來說，歷史事件只是故事的因素。事件通過壓制和貶低一些因素，以及抬高和重視別的因素，通過個性塑造、主題的重複、聲音和觀點的變化、可供選擇的描寫策略。總而言之，通過所有

我們一般在小說和戲劇中的情節編織的技巧——才變成了故事。」〔註1〕在重評中，文學制度顯示出對重評對象的不同態度以及評價標準，左翼文學在「告別革命」的新時期語境中不斷受到「矮化」、「去經典化」甚至「妖魔化」，正如新時期文學在「朦朧詩」「傷痕文學」的經典化過程中醞釀的文學成規一樣，新時期文學需要前者反抗和控訴的都是已經被新時期取代的政治秩序。在這種主流政治對文學的相應規劃中顯示出「新時期文學」實際上依賴著一個社會經濟政治上的預設。在其「人道主義」和「文學性」的籠罩下，實際上隱含著特殊的界限和排他性。「新時期文學」要建構自己的主體性，就不能不壓抑著那些異質因素，那些意識形態和知識分子自我想像中所要排斥的部分。新時期文學的經典重評和具體創作同樣作為國家意識形態轉型的社會歷史工程中的文化組成，在對左翼文學、文革主流文學以及自由主義文學重評中實現左翼文學史體系的全面顛覆，在意識形態的規約下完成文學史書寫的「去政治化」。新時期文學制度則依靠各種文學力量，特別是文學史書寫進行重評對象的選擇，通過對一種文學力量的壓抑來實現對另外一種文學作品的呈現。在八十年代的文化語境下，左翼文學尤其是與文革極左政治相關的左翼創作的文學史形象全線下滑，而自由主義文學在新時期反專制的「人道主義」背景下得到了文學史的不斷放大，從而形成了一種話語對另一種話語的壓抑——形成了獨特的被改寫的八十年代化的中國現代文學史，在國家意識形態轉型背景和話語規約下，建構出八十年代的「純文學」。然而這種在「救亡」、「啓蒙」雙重變奏下演化生成的「八十年代化」的「現代性」和「純文學」觀念似乎也遭遇到某種悖論：早在「20 世紀中國文學」的討論中，陳平原等學者就提到文學研究既要「走進文學」又要「走出文學」，以「文化角度」取代「政治角度」。這種所謂的「包含了『政治角度』，但又不止於『政治角度』」的「文化角度」如何能使文學成為獨立的、審美的，在提倡文學史回到「文學本身」的同時何以又主張以文化的視角來觀照文學？「現代性」標準的實施形成了五四文學（啓蒙文學）地位上升與「左翼文學」的評價下降，當代文學與現代文學學科優勢迅速顛倒的特殊現象，「重寫文學史」並非純粹的「文學性」的實踐，作為八十年代的話語，它同樣蘊涵著一種新的政治實踐，八十年代所謂的「歷史的還原」帶來了新的遮蔽——它一方面以「現代性」將

〔註1〕 海登·懷特，「作為文學虛構的歷史文本」，張京媛主編，《新歷史主義與文學批評》，北京，北京大學出版社，1993 年版，第 163 頁。

十七年文學置於五四與新時期文學的對立面，另一方面又以「文學性」的話語掩蓋了歷史之間的某種承續：它一邊生產著自己的話語，同時又在純文學等話語的生產過程中逐漸抹去知識產生過程的痕跡，使其成爲一種隱蔽的政治無意識。因此這種把帶有八十年代語境鮮明特徵的現代性作爲新文學基本特質的文學史書寫標準受到了王瑤先生的質疑：「你們（錢理群等）講二十世紀爲什麼不講殖民帝國的瓦解，第三世界的興起，不講（或少講）馬克思主義、共產主義運動、俄國和俄國文學的影響。」〔註2〕

　　「『重寫文學史』的興起和『當代文學』的崩潰並不單純是文學領域裏的一場風暴，而是一場深刻的歷史地震，是一種歷史的興起和另一種歷史的沒落。」〔註3〕，筆者力圖在各種現有研究成果的基礎上重返八十年代話語實踐的場域，在「中斷的縫隙中發現『歷史聯繫』」，如同韓毓海所強調的：「只有具體、細緻地瞭解『秩序』如何生成、確立和轉化，知識分子才能有所作爲，批判和介入都不是依靠那種酒神式的激情和流於一種姿態。」〔註4〕這是我在寫作本文時希求實現的目標，也將是我今後繼續面對文學重評相關問題時不斷努力的方向。

〔註2〕　錢理群，「矛盾與困惑中的寫作」，《文學評論》，1999年第一期。
〔註3〕　曠新年，「尋找『當代文學』」，《寫在當代文學邊上》，上海，上海教育出版社，2005年版，第17頁。
〔註4〕　韓毓海，《從紅玫瑰到紅旗》，上海，上海遠東出版社，1998年版，第9頁。

參考文獻

A、報刊類

1、《文藝報》2、《文藝情況》3、《時代的報告》4、《當代文藝思潮》5、《外國文學研究》6、《文學研究動態》7、《河北文藝》8《河北文學》9《文藝研究》10《文藝理論研究》11《中國現代文學研究叢刊》12、《文學評論》13、《人民文學》14、《上海文學》15、《譯林》16《上海文論》17《文藝理論研究》18《文匯報》19、《文學報》20、《人民日報》21、《光明日報》21《河北日報》

B、工具書類

1. 中國出版工作者協會編《中國出版年鑒 1980～1986》，北京商務印書館1980～1986 年版。《中國出版年鑒 1987》，中國書籍出版社，1988 年版；《中國出版年鑒 1988》，中國書籍出版社，1989 年版；《中國出版年鑒1989》，中國書籍出版社，1991 年版。

2. 中國社會科學院文學研究所《中國文學研究年鑒》編輯委員會編《中國文學研究年鑒 1981》，中國社會科學出版社，1982 年版，《年鑒》1982～1987，改由中國文聯出版公司出版。

3. 國家出版事業管理局版本圖書館編《1949～1979 翻譯出版外國古典文學著作目錄》，中華書局 1980 年版。

C、文學史研究專著類

1. 張鍾，《當代文學概觀》，北京，北京大學出版社，1980 年版。

2. 郭志剛，《中國當代文學史初稿（上下冊）》，北京，人民文學出版社 1980、1981 年版。

3. 吉林省五院校，《中國當代文學史》，長春，吉林人民出版社，1984 年版。

4. 中國社會科學院，《新時期文學六年：1976.10～1982.9》，北京，中國社會科學出版社，1985 年版。

5. 二十二院校編寫組,《中國當代文學史(一、二)》,福州,海峽文藝出版社,1987 年版。

6. 朱寨,《中國當代文學思潮史》,北京,人民文學出版社,1987 年版。

7. 李達三,《中國當代文學史略》,杭州,浙江大學出版社,1989 年版。

8. 何西來,《新時期文學思潮論》,南京,江蘇文藝出版社,1985 年版。

9. 陳劍暉,《新時期文學思潮》,廣州,廣東高等教育出版社,1989 年版。

10. 席揚,《選擇與重構——新時期文學價值論》,瀋陽,時代文藝出版社,1989 年版。

11. 陳美蘭,《文學思潮與當代小說》,武漢,武漢大學出版社,1994 年版。

12. 朱水湧,《文化衝突與文學嬗變:新時期文學思潮史論》,福州,海峽文藝出版社,1994 年版。

13. 劉禾,《語際書寫》,上海,上海三聯書店,1999 年版

14. 洪子誠,《中國當代文學史》,北京,北京大學出版社,1999 年版。

15. 陳思和,《中國當代文學史教程》,上海,復旦大學出版社,1999 年版。

16. 馮牧,《新時期文學的主流》,北京,人民文學出版社,1981 年版。

17. 唐弢,《中國現代文學史》,北京,人民文學出版社,1979 年版。

18. 戴錦華,《隱形書寫——90 年代中國文化研究》,南京,江蘇人民出版社,1999 年版。

19. 張炯,《新時期文學評論》,福州,海峽文藝出版社,1986 年版。

20. 溫儒敏,《中國現當代文學學科概要》,北京,北京大學出版社,2005 年版。

21. 許子東,《當代文學印象》,北京,三聯書店,1987 年版。

22. 嚴家炎,《求實集》,北京,北京大學出版社,1983 年版

23. 陳思和,《中國新文學整體觀》,上海,上海文藝出版社,1987 年版。

24. 錢中文,《現實主義與現代主義》,北京,人民文學出版社,1987 年版。

25. 嚴家炎,《考辨與析疑——五四文學十四講》,青島,中國海洋大學出版社,2006 年版。

26. 曹文軒,《中國八十年代文學現象研究》,北京,北京大學出版社,1988 年版。

27. 呂晴飛,《新時期文學十年》,北京,學苑出版社,1988 年版。

28. 克羅齊,傅任敢譯,《歷史學的理論和實踐》,上海,商務印書館,1982 年版。

29. 陸貴山、王先霈,《中國當代文藝思潮概論》,北京,中國人民大學出版社,1989 年版。

30. 卡林內斯庫,《現代性的五副臉孔》,商務印書館,2002 年版。

31. 李復威,《新時期文學面面觀》,福州,福建教育出版社,1989 年版。

32. 朱光潛等,《我所認識的沈從文》,長沙,嶽麓書社,1986 年版。

33. 朱寨、張炯,《當代文學新潮》,北京,人民文學出版社,1997 年版。

34. 張德祥,《現實主義當代流變史》,北京,社會科學文獻出版社,1997 年版。

35. 雷·韋勒克、奧·沃倫,《文學理論》,北京,三聯書店,1984 年版。

36. 孟繁華、程光煒,《中國當代文學發展史》,北京,人民文學出版社,2004 年版。

37. 張韌,《新時期文學現象》,北京,文化藝術出版社,1998 年版。

38. 湯學智,《新時期文學熱門話題》,西安,陝西人民教育出版社,1998 年版。

39. 張炯,《新時期文學格局》,西安,陝西人民教育出版社,1998 年版。

40. 高占祥、李準,《新時期文學藝術成就總論》,廣州,花山文藝出版社,1998 年版。

41. 陶東風,《文學史哲學》,鄭州,河南人民出版社,1994 年版。

42. 伊格爾頓,《歷史中的政治、哲學、愛欲》,北京,中國社會科學出版社,1999 年版。

43. 《中國現代文學史論集》,北京,北京大學出版社,1998 年版。

44. 福柯,《權力的眼睛——福柯訪談錄》,上海,上海人民出版社,1997 年,

45. 杜衛,《走出審美城:新時期文學審美論的批判性解讀》,上海,東方出版社,1999 年版。

46. 周曉風,《新時期文學思潮》,天津,天津社會科學院出版,2000 年版。

47. 劉大楓,《新時期文學本體論思潮研究》,天津,天津社會科學院出版社,2000 年版。

48. 王鐵仙,《新時期文學二十年》,上海,上海教育出版社,2001 年版。

49. 吳秀明,《轉型時期的中國當代文學思潮》,杭州,浙江大學出版社,2001 年版。

50. 金介甫,《沈從文傳》,國家文化出版公司,2005 年版。

51. 陳思和,《新時期文學概說(1978～2000)》,桂林,廣西師範大學出版社,2001 年版。

52. 張婷婷,《中國 20 世紀文藝學學術史(第四部)》,上海,上海文藝出版社,2001 年版。

53. 吳秀明,《中國當代文學史寫真(中)》,杭州,浙江大學出版社,2002

年版。

54. 洪子誠，《問題與方法——中國當代文學史研究講稿》，北京，北京三聯
    書店，2002 年版。

55. 陳曉明，《表意的焦慮——歷史祛魅與當代文學變革》，北京，中央編譯
    出版社，2002 年版。

56. 何言宏，《中國書寫——當代知識分子寫作與現代性問題》，北京，中央
    編譯出版社，2002 年版。

57. 陳曉明，《現代性與中國當代文學轉型》，昆明，雲南人民出版社，2003
    年版。

58. 羅傑・加洛蒂，《論無邊的現實主義》，天津，百花文藝出版社，1998 年
    版。

59. 程光煒，《文學想像與文學國家》，開封，河南大學出版社，2005 年版。

60. 夏志清，《中國現代小說史》，上海，復旦大學出版社，2005 年版。

61. 程文超，《新時期文學的敘事轉型與文學思潮》，廣州，中山大學出版社，
    2005 年版。

62. 普實克，《普實克中國現代文學論文集》，長沙，湖南文藝出版社，1987
    年版。

63. 拉曼・塞爾登，《文學批評理論——從柏林圖到現在》，北京，北京大學
    出版社，2003 年版。

64. 戴燕，《文學史的權力》，北京，北京大學出版社，2002 年版。

65. 陳國球，《文學史書寫形態與文化政治》，北京，北京大學出版社，2004
    年版。

66. 唐金海、周斌，《20 世紀中國文學通史》，上海，中國出版集團・東方出
    版中心，2003 年版。

67. 程光煒，《文化的轉軌》，北京，光明日報出版社，2003 年版。

68. 程光煒，《文學中的歷史》，開封，河南大學出版社，2006 年版。

69. 董健、丁帆、王彬彬，《中國當代文學史新稿》，北京，人民文學出版社，
    2005 年版。

70. 朱棟霖、丁帆、朱曉進，《中國現代文學史：1917～1997》），北京，高等
    教育出版社，1999 年版。

71. 王曉明，《二十世紀中國文學史論》，上海，東方出版中心，1997 年版。

72. 許志英、丁帆，《中國新時期小說主潮》（上下卷），北京，人民文學出版
    社，2002 年版。

73. 阿諾德・豪塞爾，《藝術史的哲學》，北京，中國社會科學出版社，1992
    年版。

74. 錢理群、溫儒敏、吳福輝，《中國現代文學三十年》，北京，北京大學出版社，1998 年版。

75. 王慶生，《中國當代文學》，上海，上海文藝出版社，1989 年版。

76. 金漢，《中國當代小說史》，杭州，杭州大學出版社，1990 年版。

77. 楊義，《中國現代小說史》，北京，人民文學出版社，1986 年版。

78. 福柯，《知識考古學》，北京，三聯書店，1998 年版。

79. 張光芒，《中國當代啓蒙文學思潮論》，上海，上海三聯書店，2006 年版。

80. 黃開發，《文學之用：從啓蒙到革命》，北京，十月文藝出版社，2004 年版。

81. 洪子誠、孟繁華，《當代文學關鍵詞》，桂林，廣西師範大學出版社，2002 年版。

82. 唐小兵，《再解讀：大眾文藝與意識形態》，北京，北大出版社，2007 年版。

83. 洪子誠，《文學與歷史的敘述》，開封，河南大學出版社，2005 年版。

84. 王元化，《文學沉思錄》，上海，上海文藝出版社，1983 年版。

85. 戴錦華，《猶在鏡中—— 戴錦華訪談錄》，北京，知識出版社，1998 年版。

86. 許紀霖，《20 世紀中國知識分子史論》，北京，新星出版，社 2005 年版。

87. 朱寨，《朱寨文學評論選》，長沙，湖南人民出版社，1985 年版。

88. 許紀霖，《尋求意義：現代化變遷與文化批判》，上海，上海三聯書店 1997 年版。

89. 曾小逸，《走向世界文學》，長沙，湖南人民出版社，1995 年版。

90. 洪子誠，《當代中國文學中的藝術問題》，北京，北京大學出版社，1986 年版。

91. 洪子誠，《作家姿態與自我意識》，西安，陝西人民教育出版社，1991 年版。

92. 黃子平、陳平原、錢理群，《二十世紀中國文學三人談》，北京，人民文學出版社 1988 年版。

93. 黃子平，《「灰闌」中的敘述》，上海文藝出版社，2001 年。

94. 曹文軒，《二十世紀末中國文學現象研究》，北京，北京大學出版社，2002 年版。

95. 蔡翔，《一個理想主義者的精神漫遊》，杭州，浙江文藝出版社，1986 年版。

96. 蔡翔，《何謂文學本身》，瀋陽，春風文藝出版社，2006 年版。

97. 南帆，《文學的維度》，上海，上海三聯書店，1998 年版。

98. 南帆，《文本生產與意識形態》，廣州，暨南大學出版社，2002 年版。

99. 南帆，《理論的緊張》，上海，上海三聯書店，2003 年版。

100. 南帆，《二十世紀中國文學批評 99 個詞》，杭州，浙江文藝出版社，2003 年版。

101. 南帆，《本土的話語》，濟南，山東友誼出版社，2006 年版。

102. 南帆，《後革命的轉移》，北京，北京大學出版社，2005 年版。

103. 陳曉明，《表意的焦慮：歷史祛魅與當代文學變革》，北京，中央編譯出版社，2002 年版。

104. 甘陽，《八十年代文化意識》，上海，上海人民出版社，2006 年版。

105. 韓毓海，《從紅玫瑰到紅旗》，上海，上海遠東出版社，1998 年版

106. 尹昌龍，《1985：延伸與轉摺》，濟南，山東教育出版社，1998 年版。

107. 孟繁華，《1978：激情歲月》，濟南，山東教育出版，社 1998 年版。

108. 李楊，《文學史寫作中的現代性問題》，太原，山西教育出版社，2006 年版。

109. 曠新年，《寫在當代文學邊上》，上海，上海教育出版社，2005 年版。

110. 吳秀明，《轉型時期的當代文學思潮》，杭州，浙江大學出版社，2001 年版。

111. 陳思和、楊揚，《九十年代批評文選》，北京，漢語大詞典出版社，2001 年版。

112. 徐俊西、陳思和、楊揚，《上海五十年文學批評叢書：評論卷》，上海，華東師範大學出版社，1999 年版

113. 徐俊西、邱明正，《上海五十年文學批評叢書：理論卷》，上海，華東師範大學出版社 1999 年版。

114. 張頤武、賀桂梅，《北大年選：批評卷》，北京，北京大學出版社 2006 年版。

115. 戴錦華，《書寫文化英雄：世紀之交的文化研究》，南京，江蘇人民出版社，2000 年版。

116. 皮埃爾·布迪厄，《藝術的法則》，北京，中央編譯出版社，2001 年

117. 哈佛燕京學社，《儒家傳統與啓蒙心態》，南京，江蘇教育出版社，2005 年版。

118. 楊俊蕾，《中國當代文化話語轉型研究》，北京，中國人民大學出版社，2003 年版。

119. 張京媛，《新歷史主義與文學批評》，北京，北京大學出版社，1993 年版。

120. 劉再復、林崗，《論中國文化對人的設計》，長沙，湖南人民出版社，1988 年版。

121. 林毓生，《中國傳統思想的創造性轉化》，北京，三聯書店，1988 年版。

122. 劉再復、林崗，《傳統與中國人》，合肥，安徽文藝出版社，1995 年版。

123. 李澤厚，《中國思想史論》（上中下卷），合肥，安徽文藝出版社，1999 年版。

124. 夏中義，《新潮學案》，上海，上海三聯書，店 1996 年版。

125. 《中國共產黨中央委員會關於建國以來黨的若干歷史問題的決議》，人民出版社，1982 年版。

126. 賀桂梅，《人文學的想像力》，開封，河南大學出版社，2005 年版。

127. 黃修己，《中國新文學史編纂史》，北京，北京大學出版社，1995 年版。

128. 孔範今、施戰軍，《中國新時期新文學史研究資料》，濟南，山東文藝出版社，2006 年版。

129. 謝冕、洪子誠，《中國當代文學史料選》，北京，北京大學出版社，1995 年版。

130. 楊匡漢，《中國當代文學》瀋陽，遼寧教育出版社，2005 年版。

131. 佛克馬、蟻布思，《文學研究與文化參與》，北京，北京大學出版社，1996 年版。

132. 伊格爾頓，《二十世紀西方文學理論》，西安，陝西師範大學出版社，1987 年版。

133. 《陳思和自選集》，桂林，廣西師範大學出版社，1997 年版。

附錄一　沈從文作品海外出版簡況
（1936 年～1979 年）

作　品	語種	翻譯者	出版時間	刊　物
翠翠（邊城）	英語	艾米麗·哈恩	1936	天下月刊
柏子	英語	艾德加·喴諾	1936	眞正的中國：現代中國短篇小說
頌	英語	哈羅德·阿克頓	1936	現代中國詩歌
蕭蕭	英語	李一謝	1938	天下月刊
王老太太的雞（鄉城）	英語	石敏	1940	天下月刊
夜	英語	王世成	1944	當代中國小說（美國）
燈	英語	羅伯特·白恩	1946	當代中國短篇小說
柏子等 14 篇	英語	羅伯特·白恩	1947	中國大地：沈從文的小說
蕭蕭	英語	李如綿	1949	生活與文學（美）
雨後	英語	大衛·基德	1961	法國與亞洲
邊城	英語	戴乃迭	1962	中國文學
龍朱	英語	蔡楚	1965	中國文學寶庫：新散文文集
長河（部分翻譯）	英語	麗蓮·朱	1966	哥倫比亞大學碩士論文
邊城及其他	英語	威廉·麥克唐納編譯	1971	美國厄巴納伊利諾斯大學亞洲研究中心
從文自傳	英語	威廉·麥克唐納	1972	紐約格羅夫出版股份有限公司《中國文學文集》
一七個野人和最後一個迎春節	英語	斯坦立·芒羅	1979	一場革命的起源

附錄二　大陸以外沈從文研究文章篇目（1949～1979）

《文學作家沈從文》，穎子，《中國新文學人物志》1956 年香港啓明書局。

《沈從文小傳》，香港南岸文社《五四時代作家書信選》1960。

《懷念沈從文教授》，馬逢華，1963 年 1 月，《傳記文學》（臺灣）第 2 卷第 2
　　期。

《沈從文教授在北京》，曹聚仁，1960 年香港三育書局《北行小品》。

《沈從文的創作與戀愛》，林秀石，香港 1966 年《明報月刊》。

《沈從文的兄與弟》，黃村生，1968 年 1 月 15 日《筆端》香港第 2 卷 1 期。

《沈從文其人》，井心，1968 年 6 月《中央日報》臺灣。

《大小說家沈從文》，趙聰，1970 年俊人書店《三十年代文壇點將錄》。

《漫談文學作家沈從文》，王秀蘭，1971 年 5 月《展望》香港第 222 期。

《中共文壇近況簡介》，周青，載 1971 年 12 月 14 日香港《明報》。

《沈從文追求校花》，某先生，載 1973 年 2 月 8 日《眞報》香港。

《沈從文編〈大公報・文藝〉》，司馬長風 1973 年九月 27 日《明報》香港。

《沈從文剪影》，李立明，1973 年，10 月《東西風》香港。

《憶新月》，梁實秋，1974 年香港未名書屋出版《文學因緣》。

《憶沈從文》，梁實秋 1974 年臺北志文出版社出版梁實秋《看雲集》。

《李健吾評沈從文》，司馬長風，1974 年、《明報》。

《沈從文剪影》，世民，1975 年 3 月 1 日《學生雜誌》。

《沈從文勸施蟄存》，司馬長風，1975 年 3 月 19 日《明報》。

《魯迅不選沈從文》，司馬長風，1975 年香港昭明出版社《新文學叢談》。

《淺談沈從文》，張錦銘，1975 年 5 月《時代青年》香港第 71 期。

《韓德珩評沈從文》，司馬長風，載 1975 年 7 月 10 日《明報》香港。

《與沈從文會見記》，許芥昱撰，李國威譯，載 1976 年 6 月《文學與美術》
第 3 期。

《未熟的天才──沈從文》，司馬長風，1976 年香港昭明出版社《中國新文學
史》上。

《沈從文溫柔敦厚》，金聖歎 1977 年香港文化生活出版社。

《沈從明》，李立明，載 1977 年香港波文書局版李立明《中國現代六百作家
小傳》。

《沈從文》，載 1978 年（昭和五十三年 3 月）日本霞山會《現代中國人名辭
典》（日文）。

《現代中國文學運動》（《活的中國》附錄之一），貝尼姆・威爾士，載 1978
年《斯文學史料》第 1 期（本文中有魯迅和斯諾的談話，講到沈從義足
「自從新文學以來最好的作家」等）。

《湘西的落洞少女》，司馬長風，載 1978 年 6 月 4 日香港《明報》。

又載 1981 年香港南山書屋版司馬長風《新文學史話》。

附錄三　新時期沈從文研究主要篇目

《夏天裏的春天——訪幾位在京的湖南老作家》，載 1979 年《湘江文藝》第 8
　期。

《訪沈從文先生》，夏雲，載 1979 年 9 月 24 日香港《新晚報》。

《贈沈從文同志》，荒蕪，載 1979 年 10 月 4 日《文匯報》。

《團結盛會喜空前——第四次文代會側記之一》，《光明日報》記者，載 1979
　年 11 月 3 日《光明日報》。

《訪沈從文》，雪谷，載 1980 年 9 月《中國人月刊》第 2 卷第 8 期。

《訪沈從文》，雪谷，載 1980 年 2 月 9 日《團結報》（湘西）。

《踏雪初訪沈從文》，易征載 1980 年 3 月 10 日《羊城晚報》第 2 期

《也頻與革命》，丁玲載 1980 年《詩刊》第 3 期。

《文化的「倒流」》，阿拭，載 1980 年 3 月號《青春》，又載 1980 年《新華月
　報》（文摘版）第 5 期。

《「獨輪車雖小，不倒永向前」——訪沈從文先生》，諸有瓊，載 1980 年 4 月
　12 日《北京晚報》。

《從文習作簡目》，沈從文，載 1980 年《花城》第 5 期，又載 1981 年花城出
　版社版《文壇老將》。

《善於讀大書的人》，彭荊風，載 1980 年 11 月 7 日《羊城晚報》。

《從文小記》，王亞蓉，載 1980 年《戰地》第 4 期，又載 1980 年南京師範學
　院《文教資料簡報》第 112 期。

《太陽下的風景——沈從文與我》，黃永玉載 1980 年《花城》第 5 期。

《第一個熱心引路人》，朱雯載 1980 年 5 月 26 日《新民晚報》第 6 期。

《湘西名作家沈從文》，黎丁載 1980 年 6 月 29 日《湖南日報》。

《丁玲、胡也頻、沈從文》，周芬娜，載 1980 年 9 月《中國人月刊》第 2 卷第 8 期。

《鍾開萊教授談沈從文先生》，鍾開萊，載 1980 年《海內外》〔美〕第 27 期。

《「獨輪車雖小，不倒永向前」——老作家沈從文簡介》，張民主，載 1980 年 11 月 4 日《團結報》（湘西）。

《「永遠地擁抱自己的工作不放」——訪著名文學家、古文物學家沈從文》，賈樹枚，載 1980 年 11 月 7 日《光明日報》，又載 1980 年《海內外》〔美〕，第 28 期。

《沈從文紐約哥大第一場演說前後》，朱婉清，載 1980 年 11 月 12 日《中國時報》（臺灣）。

《沈從文赴美講學》，瑾希，載 1980 年《中報月刊》（香港）第 11 期。

《不受歲月羈絆的人——訪老作家沈從文先生》，龍海清，載 1980 年《湘江文藝》第 3 期。

《沈從文談自己的創作——對一些有關問題的回答》，凌宇，載 1980 年《中國現代文學研究叢刊》第 4 期。

《文學一友誼 記美國學者訪問沈從文》，高鵬，載 1980 年《鍾山》第 4 期。

《從沈從文先生的人格看他的文藝風格》，朱光潛，載 1980 年《花城》第 5 期。

《不倒的獨輪車——沈從文側面像》，蕭離，載 1980 年《新苑》第 4 期。

《生命之火長明》，黃苗子，載 1980 年《花城》第 5 期。

《沈從文先生二三事》，蕭離，載 1980 年《文匯增刊》第 7 期。

《邊城之外——沈從文在紐約》，叢蘇，載 1980 年 11 月 25 日《聯合報》（臺灣）。

《給沈從文的一封信》，〔美〕金介甫，載 1980 年《花城》第 5 期。

《「沈從文熱」》，《光明日報》記者，載 1980 年 11 月 7 日《光明日報》。

《中國現代文學研究會舉行首屆學術討論會》，丁爾綱，載 1980 年 11 月《文學評論》第 6 期。

《沈從文的悲哀》，茶陵，載 1981 年 1 月 10 日「聯合報」（臺灣）。

《沈從文研究資料目錄之一（一九二四～一九四八）》本刊資料室，載 1981 年《上海師範學院學報》第 1 期。

《沈從文先生在美國西岸》，高洋，載 1981 年 2 月 15 日《大公報》（香港）
　　第 16 期。

《初晤沈從文》，江南，載 1981 年 2 月 25 日《新晚報》（香港）。

《此老耐寒》，林海音，載 1981 年 2 月 27 日《聯合報》（臺灣）。

《沈從文主要著作目錄》，凌宇，載 1981 年南京師範學院《文教資料簡報》
　　第 4 期。

《沈從文小記》，王亞蓉，載 1981 年南京師範學院《文教資料簡報》第 4 期。

《沈從文的筆名》，愛黎、凌宇，載 1981 年《海師範學院學學報》第 1 期。

《「浮沉半世紀」的沈從文》，吳立呂，載 1981 午《書林》第 3 期。

《沈從文訪問記》，姚北全，載 1981 年 4 月 12 日《廣州日報》。

《沈從文與張兆和結縭經過——致紹唐函》陳紀瀅，載 1981 年 5 月《傳記文
　　學》（臺灣）第 38 卷第 5 期。

《拓荒者的笑——重訪老作家、老學者沈從文》，龍海清，載 1981 年《文藝
　　生活》第 6 期。

《人和事小品：海外的沈從文熱》，秦牧，載 1981 年 9 月 10 日《羊城晚報》。

《〈沈從文散文選〉編後記》，湘潭大學中文系現代文學教研室，載 1981 年 12
　　月湖南人民出版社版《沈從文散文選》。

《「京派」和「海派」的鬥爭》，湯逸中，載 1981 年 11 月湖南人民出版社版《魯
　　迅研究百題》。

《關於徐何創作之爭》，湯逸中，載 1981 年 11 日湖南人民出版社版《魯迅研
　　究百題》。

《從「反差不多」看沈從文的文藝觀》，飛舟，載 1981 年《上海師範學院：
　　半：報》第 1 期。

《重逢沈從文先生》，王浩，載 1981 年《大地》（增刊）第 2 期。

《沈從文先生會見記》，李任之，載 1981 年《海內外》〔美〕第 29 期。

《沈從文先生在美國》，雷平，載 1981 年《海內外》〔美〕第 29 期。

《沈從文和魯迅（並英譯）》，龍海清撰，金介甫譯，載 1981 年《海內外》〔美〕
　　第 30 期。

《〈郁達夫文集〉、〈沈從文文集〉》已開始出書，載 1982 年 2 月 18 日《文學
　　報》。

郁達夫文集、沈從文文集（廣告），三聯書店香港分店，載 1982 年 3 月 12 日

《文匯報》（香港）。

《沈從文與熊貓》，唐瓊，載 1982 年 3 月 8 日《大公報》（香港）。

《熱誠推薦！》，侶倫，載 1982 年 3 月 12 日《文匯報》（香港）。

《抄書爲證》，李輝英，載 1982 年 3 月 12 日《文匯報》（香港）。

《欣聞〈沈從文文集〉出版》，張向天，載 1982 年 3 月 12 日《文匯報》（香港）。

《喜聞郁達夫沈從文文集即將面世》，何丙郁，載 1982 年 3 月 12 日《文匯報》（香港）。

《沈從文和郁達夫的相識》，王海吟，載 1982 年 3 月 14 日《中國青年報》第 5 期。

《獨輪車雖小，不倒永向前——沈從文、黃永玉、蕭離座談發言（摘登）》，載 1982 年《吉首大學學報》第 2 期。

《普通的鄉下人——寫在沈從文先生訪美歸來的時候》，龍海清，載 1982 年《山花》第 3 期。

《沈從文與青島海濱》，魯海，載 1982 年《海鷗》第 4 期。

《沈從文、黃永玉、黃永厚等來吉首參觀訪問》，本報記者，載 1982 年 5 月 29 日《團結報》（湘西）第 1 版。

《青春作伴好還鄉——訪沈從文老人》，顏家文，載 1982 年 5 月 30 日《團結報》（湘西）第 3 版。

《春夜的尋訪——記沈從文》，谷葦，載 1982 年 6 月 17 日《文學報》第 2 版。

《臺北書商競相翻印大陸圖書》，載 1982 年 8 月 29 日《明報》（香港）。

《他眷戀著這裡的土地和人民——記老作家沈從文回湘西》，顏家文，載 1982 年 11 月 5 日《羊城晚報》第 2 版。

《在沈從文家裏作客》，譚蔚，載 1982 年 12 月 12 日《湖南日報》第 2 版。

《郁達夫和沈從文》，載 1982 年 12 月 14 日《文薈》。

《今年我要變法》，凌子風，載 1983 年 1 月 3 日《文匯報》。

《沈從文重友誼》，魯海，載 1983 年 2 月 5 日《羊城晚報》。

《沈從文還鄉記》，張玲麟，載 1983 年 2 月《傳記文學》（臺灣）第 42 卷第 2 期。

《重晤沈從文教授》，馬逢華，載 1983 年 2 月《傳記文學》（臺灣）第 42 卷第 2 期。

《訪沈從文》，易征，載 1983 年《集萃》第 2 期。

《晚來還卷一簾秋霽》，陳可雄，載 1983 年 5 月 11 日《文匯報》。

《夜訪沈從文》，谷葦，載 1983 年《雲岡》第 6 期。

《有關現代文學研究幾個問題的看法（材料輯錄）》，載 1983 年《文藝情況》
　　第 9 期。

《他心中有一道明澈的小溪——訪病中的沈從文先生》，田特平、除德君，載
　　1983 年 9 月 3 日《團結報》（湘西）。

《他說：「我實在是個鄉下人」——著名文學家、學者沈從文成才側記》龍海
　　清，載 1983 年《年輕人》第 4 期。

《廣種多收的耕耘者——訪著名文學家、教授、文物研究專家沈從文》，馬悅、
　　柏泉，載 1983 年《青年科學家》第 4 期。

《沈老的心願 ——訪著名湘籍作家沈從文先生》，田特平，載 1983 年《圖書
　　館》第 5 期。

《樂為他人作嫁衣——沈從文關懷文學青年二三事》，韓棕樹，載 1983 年《新
　　創作》第 6 期。

《來信選登》，非琴、張兵，載 1983 年《洞庭湖》第 6 期。

《歷史・時代——對一個作家的評價》，彭燕郊，載 1984 年《湘潭大學學報》
　　第 1 期。

《它提供了幾條研究沈從文的重要線索》，陳淞，載 1984 年《湘潭大學學報》
　　第 2 期。

《「擁抱著工作不放」的沈從文》，張又君，載 1984 年 4 月湖南人民出版社出
　　版《作家剪影》。

《海外的「沈從文熱」》，宋永毅，載 1984 年 6 月 1 日《新晚報》。

《沈從文談建設湘西》，向征，載 1984 年 6 月 16 日《團結報》（湘西）第 2
　　版。

《沈從文小說思想傾向的複雜性及藝術上的突出特色》，1984 年 8 月山東文藝
　　出版馮光廉、朱德發主編《中國現當代文學二百題》。

《沈從文的寂寞》，汪曾祺，載《讀書》1984 年第 8 期，又載 1985 年《中國
　　現代文學研究叢刊》第 2 期。

《沈從文作品的新選本》，亦林，載 1984 年 10 月 29 日《文匯報》。

《歷經滄桑大道直——訪著名老作家沈從文》，蔡測海、王蓬，載 1984 年《小

說林》第 12 期。

《在北京訪沈從文及黃永玉》，莫靈平，載 1985 年 1 月《九十年代》總第 180
　　期。

《沈從文爲什麼喜歡海》，魯海，載 1985 年《海鷗》（青島）第 1 期。

《關於沈從文及其他（紙壁齋說詩)》，荒蕪，載 1985 年 5 月 4 日《團結報》
　　（京）第 710 號。

《老作家沈從文與電影結緣》，夢學，載 1985 年 8 月 7 日《人民日報》（海外
　　版）第 7 版。

《沈從文印象》，涂光群，載 1985 年《文學月報》第 10 期。

《從我的前輩沈從文先生說起》，蔡測海、汪曾棋，載 1985 年《中國現代文
　　學研究從刊》第 4 期。

《堅實地站在中華大地上──訪著名老作家沈從文》，鄭笑楓，載 1985 年 12
　　月 19 日《光明日報》。

《沈老與「獅洞樵歌」》，載 1985 年 12 月 29 日《團結報》（湘西）。

《沈從文先生美國之行》，舒容，載 1985 年 12 月 29 日《光明日報》。

《辛勤耕耘六十年──記中國社會科學院領導同志登門向老作家沈從文祝
　　賀》鄭笑楓，載 1985 年 12 月 30 日《光明日報》。

《「美麗總是愁人的」──訪著名文學家、古文物學家沈從文》，林湄，載 1986
　　年 2 月 20 日《羊城晚報》。

《望湖樓小品沈先生》，黃苗子，載 1986 年 3 月 15 日《團結報》（京）。

《沈從文小傳》，葉德政、向成國，載 1986 年 4 月 4 日《團結報》（湘西）。

《「美麗總是愁人的」──北京訪沈從文》，林湄，載 1986 年 4 月 30 日《廣
　　東僑報》。

《沈老印象──憶同沈從文先生在一起的兩天三夜》，覃心健，載 1986 年《年
　　輕人》第 2 期。

「近年沈從文研究述評」，蔡田明，載 1986 年《中國現代文學研究叢刊》第 3
　　期。

「中文系沈從文研究室成立」，載 1986 年《吉首大學學報》第 4 期。

「沈從文研究資料目錄補遺」，姜宋文，載 1986 年《吉林大學學報》第 4 期。

「近年來國內沈從文研究述評」，白屋，載 1986 年《求是學刊》第 5 期。

「在歷史的反思中探索──近年來沈從文研究述評」，趙學刃，載 1986 年《文

學評論》第 6 期。

「終於越過的斷層──記我的老師沈從文」，柯原，載 1986 年《隨筆》第 3
　　期。

「沈從文和沈從文研究者的知己──介紹《從邊城走向世界》」，吳建華，載
　　1986 年《圖書館》（湘）第 4 期。

「沈從文先生在西南聯大」，汪曾祺，載 1986 年《人民文學》第 5 期。

「三訪沈從文」，謝飛，載 1986 年 10 月 9 日《人民日報》（海外版）。

「當今沈從文」，蕭離，載 1986 年 11 月 15 日《湖南日報》周末版。

「也談魯迅與沈從文」，直心，載 1987 年《思茅師專學報》第 1 期。

「鳳凰從這裡飛起：記老作家沈從文」，蕭離，載 1987 年 1 月 20 日《人民日
　　報》（海外版）。

「近幾年沈從文研究情況綜述」，鄭戰兵、施泉明，載 1987 年《語文導報》
　　第 3 期。

「第一個訪問沈從文故鄉的法國人」，侯良，載 1987 年《文藝生活》第 3 期。

「歷史的公正與公正的歷史 .『沈從文熱』之我見」，董朝斌，載 1987 年《書
　　林》第 5 期。

「他從邊城走向世界」，蕭離，載 1987 年《民族畫報》第 6 期。

「悠悠故鄉情」，知祥，載 1987 年 8 月 15 日《團結報》（湘西）。

「願『鳳凰』扶搖直上」，熱風，載 1987 年 8 月 16 日《團結報》（湘西）。

「滿目青山夕照明──沈從文先生近況」，肖路，載 1987 年 11 月 12 日《文學
　　報》。

「淩宇肖像」，駱邦建，載 1987 年 11 月 21 日《團結報》（湘西）。

「沈從文與黎錦明」，黎舜童，載 1988 年 4 月 21 日《湖南廣播電視報》。

「文化人的典範」，龍應台，載 1988 年 5 月 12 日《中國時報》（臺灣）。

「憶西南聯大時期的沈從文」，馬逢華，載 1988 年 5 月 12 日《中國時報》（臺
　　灣）。

「與自然融合的人回歸自然了」，聶華苓，載 1988 年 5 月 12 日《中國時報》
　　（臺灣），又載 1988 年 6 月 4 日《羊城晚報》。

「臺灣《中國時報》悼念沈從文逝世專輯」，載 1988 年 5 月 12 日《中國時報》
　　（臺灣）。

「沈從文先生的歷史位置」，鄭樹森，載 1988 年 5 月 13 日《聯合報》（臺灣）。

「沈從文先生印象」，韓秀，載 1988 年 5 月 13 日《世界日報》（臺灣）。

「訪沈夫人張兆和女士」，鄭樹森，載 1988 年 5 月 12 日《聯合報》（臺灣）。

「中國人你可認得沈從文？」，〔瑞典〕馬悅然，載 1988 年 5 月 13 日《中國
　　日報》。

「一代名作家沈從文逝世」，載 1988 年 5 月 13 日《人民日報》（海外版）。

「沈從文先生在吉首大學」，劉一友，載 1988 年《吉首大學學報》第 3 期。

「懷念沈從文」，孫韜龍，載 1988 年《吉首大學學報》第 3 期。

「唁電（沈從文）」，吉首大學，載 1988 年《吉首大學學報》第 3 期。

「爲湘西平等和進步呼籲的先驅者」，葉德政，載 1988 年《吉首大學學報》
　　第 3 期。

「一代名作家沈從文逝世」，載 1988 年 5 月 17 日《光明日報》。

「在最後的日子裏——沈從文生前同事們的追思」，蕭離，載 1988 年 5 月 17
　　日《新民晚報》。

「遲發的訃聞」，載 1988 年 5 月 17 日《新民晚報》。

「淡泊的消逝——悼念沈從文先生」，汪曾棋，載 1988 年 5 月 18 日《中國時
　　報》（臺灣）。

「敬悼沈從文先生」，陳青楓，載 1988 年 5 月 14 日《大公報》（香港）。

「悼沈從文先生」，陳萬雄，載 1988 年 5 月 15 日《新晚報》（臺灣）。

「小小的黃皮書——關於沈從文去世有感」，馬漢茂，載 1988 年 5 月 18 日《中
　　國時報》（臺灣）。

「沈從文爲德文版自傳寫的序」，載 1988 年 5 月 18 日《中國時報》（臺灣）。

「帶著沈從文的笑聲旅行」，鄭愁予，載 1988 年 5 月 1 日 18 日《中國時報》
　　（臺灣）。

「眷戀鄉土多名作　飲譽中外何寂寞——傑出作家沈從文告別親友讀者」，郭
　　玲春，載 1988 年 5 月 19 日《人民日報》。

「生前甘於淡泊死後不要厚葬——親朋弟子遵囑與沈從文悄然告別」，郭玲
　　春，載 1988 年 5 月 19 日《光明日報》。

「告別沈從文」，郭玲春，載 1988 年 5 月 19 日《湖南日報》。

「告別沈從文」，王什斌，載 1988 年 5 月 19 日《人民日報》（海外版），又載
　　1988 年 5 月 19 日《文匯報》。

「著名作家沈從文逝世」，載 1988 年 5 月 19 日《文學報》。

「一個愛國的作家──懷念沈從文老師」，汪曾祺，載 1988 年 5 月 20 日《人民日報》。

「現代傑出文學家沈從文先生逝世」，載 1988 年 5 月 21 日《文藝報》。

「沈從文臨終前留下遺願」，陳玲，載 1988 年 5 月 21 日《華僑日報》。

「告別沈從文」，郭玲春，載 1988 年 5 月 21 日《團結報》（湘西）。

「一代才人的風貌和風骨──《我所認識的沈從文》讀後」，易木玲，載 1988 年 5 月 22 日《光明日報》。

「嗚咽湘水哭先生」，馮英子，載 1988 年 5 月 24 日《新民晚報》。

「海外作家談沈從文與諾貝爾獎」，載 1988 年 5 月 26 日《文學報》。

「海內外作家紛紛撰文悼念沈從文」，載 1988 年 5 月 26 日《文學報》。

「鳳凰涅巢了──在滬著名作家回憶沈從文」，谷葦，載 1988 年 5 月 26 日《文學報》。

「介紹沈從文到海外的第一個人」，洪波，載 1988 年 5 月 27 日《新民晚報》。

「沈從文先生給我的信」，張香還，載 1988 年 5 月 28 日《新民晚報》。

「悼沈從文輓聯三副」，施蟄存等，載 1988 年 5 月 29 日《光明日報》。

「自立晚報刊登敬悼沈從文專輯」，達生，載 1988 年 5 月 30 日《光明日報》。

「您是一顆永恆的星──悼念沈從文先生」，韓棕樹，載 1988 年 5 月 31 日《湖南文化報》。

「勇敢些──憶從文師」，楊苡，載 1988 年《鍾山》第 5 期。

「沈從文的吶喊與沉默」，羅子，載 1988 年 5 月《世界日報》。

「我所認識的沈從文先生」，嚴超、馬蹄聲，載 1988 年 6 月 4 日《團結報》（京），又載 1988 年 11 月中國人民政治協商會議湘西土家族苗族自治州委員會文史資料研究委員會編《湘西文史資料》第十二輯。

「從文先生二三事」，楊曉春，載 1988 年 6 月 4 日《團結報》（京），又載 1988 年 11 月中國人民政治協商會議湘西土家族苗族自治州委員會文史資料研究委員會編《湘西文史資料》第一二輯。

「深感於沈從文之逝世」，沙赫，載 1988 年 6 月 2 日《人民日報》。

「還是且講一點他──追念沈從文」，卞之琳，載 1988 年 6 月 4 日《文匯報》。

「太陽底下靜悄悄」，蔡測海，載 1988 年 6 月 4 日《北京日報》。

「沈從文在西南聯大」，紅眉，載 1988 年 6 月 4 日《團結報》（京），又載 1988 年 11 月中國人民政治協商會議湘西土家族苗族自治州委員會文史資料研

究委員會編《湘西文史資料》第十二輯。

「痛悼吾師沈從文」，諸有瓊，載 1988 年 6 月 6 日《北京晚報》。

「浪淘沙」，悼沈從文，郭珍仁，載 1988 年 6 月 7 日《團結報》（京）。

「臺文學家談沈從文」，載 1988 年 6 月 7 日《團結報》（京）。

「懷念沈從文先生」，荒蕪，載 1988 年 6 月 8 日《人民日報》（海外版）

「金縷曲：悼沈從文先生」，端木蕻良，載 1）88 年 6 月 9 日《解放口報》。

「記沈老二三事」，符家欽，載 1988 年 6 月 11 日《團結報》（京）。

「鳳凰城裏飛出的鳳凰──悼沈從文」，伍國從，載 1988 年 6 月 11 日《湖南日報》。

「紀念沈從文」，〔瑞典〕馬悅然，載 1988 年 6 月 11 日《文藝報》第 4 期。

「記憶中的師友沈從文」，史伊凡，載 1988 年 6 月 14 日《解放日報》。

「一半偶然一半幻想」，張靜，載 1988 年 6 月 15 日《吉首大學學報》第 2 期。

「開掘人性美的大師──沈從文」，核子，載 1988 年 6 月 15 日《吉首大學學報》第 2 期。

「志不強者智不達──沈從文」，龐丕雄，載 1988 年 6 月 15 日《吉首大學學報》第 2 期。

「煙波林野意幽幽」，張雙連，載 1988 年 6 月 15 日《吉首大學學報》第 2 期。

「思念南華山（組詩）一一悼念著名作家沈從文」，彭勁奕，載 1988 年 6 月 15 日《吉首大學學報》。

「陋室訪沈老」，伯斌，載 1988 年 6 月 6 日《新民晚報》。

「她曾兩晤沈從文──聶華苓深情回憶」，毛洪波，載 1988 年 6 月 16 日《文學報》。

「悼念沈從文先生」，義川，載 1988 年 6 月 18 日《文藝報》。

「朝霞的特性：重讀沈從文作品有感」，毛時安，載 1988 年 6 月 20 日《書訊報》。

「追思沈從文先生」，黃萍蓀，載 1988 年 6 月 21 日《華聲報》。

「美麗總是愁人的，──挽文壇先輩沈從文」，雁南，載 1988 年 6 月 27 日《貴州民族報》。

「悠悠的思緒──悼沈從文先生」，伍略，載 1988 年 6 月 27 日《貴州民族報》。

「論沈從文的婦女觀」，陳林群，載 1988 年《上海師範大學學報》第 2 期。

「上善若水——黃永玉談沈從文」，蔡棟，載 1988 年 7 月 2 日《湖南日報》。

「沈從文筆下的溫情」，吳海發，載 1988 年 7 月 3 日《長沙晚報》。

「難以寄託的哀思：寫在沈從文先生去逝之後」，魏帆，載 1988 年 7 月 5 日
　　《作家生活報》（瀋陽）。

「憶沈從文老師」，鍾文典，載 1988 年 7 月 8 日《廣西師大報》。

「孤獨、痛苦與思索的一生——悼沈從文先生」，易令華，載 1988 年 7 月 8
　　日《株洲日報》。

「沈從文先生的一件小事」，楊棟，載 1988 年 7 月 9 日《光明日報》。

「沈從文與新詩」，楊里昂，載 1988 午 7 月 9 日《湖南日報》。

「郁達夫親訪沈從文」，陳圖龍，載 1988 年 7 月 16 日《團結報》（京）。

「挽沈從文」，邵燕祥，載 1988 年 7 月 16 日《文藝報》。

「尋找沈從文——瑞典沈從文考察團湘西考察速寫」，楊官茂，載 1988 年 7
　　月 16 日《團結報》（湘西）。

「向沈從文學習嚴肅的寫作態度」，葉德政，載 1988 年 7 月 21 日《團結報》
　　（湘西）。

「多一些理解與寬容——讀《沈從文傳》」，令華，載 1988 年 7 月 25 日《人
　　民日報》（海外版）。

「沈先生的寂寞」，林斤瀾，載 1988 年《人民文學》第 7 期。

「悼沈從文老師」，吳重陽，載 1988 年《民族文學》第 7 期。

「在沈從文先生的故鄉」，〔瑞典〕倪爾斯，載 1988 年《人民畫報》第 7 期。

「沈從文的執著」，劉北汜，載 1988 年《文匯月刊》第 8 期。

「湘西你不要哀慟！」，蕭離，載 1988 年《新觀察》第 14 期。

「這不是最後的告別——悼念沈從文先生」，淩宇，載 1988 年《湖南文學》
　　第 8 期。

「悼念沈從文老師」，易夢紅，載 1988 年《散文》第 8 期。

「回憶老友沈從文」，蹇先艾，載 1988 年《新文學史料》第 4 期。

「滇雲浦雨話從文」，施蟄存，載 1988 年《新文學史料》第 4 期。

「執拗的拓荒者——懷念沈從文先生」，劉北汜，載 1988 年《新文學史料》
　　第 4 期。

「悼念沈從文先生」，田濤，載 1988 年《新文學史料》第 4 期。

「胡適與沈從文」，易竹賢，載 1988 年《書林》第 9 期。

「沈從文與青年作家」，伏琛，載 1988 年 9 月 1 日《人民日報》（海外版）。

「沈從文著作迷倒瑞典人」，載 1988 年 9 月 9 日《文摘周報》。

「瑞典人眼中的沈從文──與倪爾思先生一席談」，駱邦建，載 1988 年 9 月 15 日《吉首大學學報》第 2 期。

「沈先生印象」，林斤瀾，載 1988 年 9 月 19 日《人民日報》（海外版）。

「早就該有這麼一本書──《沈從文傳》讀後」，周實，載 1988 年 9 月 20 日《湖南日報》第 3 版。

「文藝家瑣事」，黃苗子，載 1988 年 10 月 7 日《羊城晚報》。

「憶沈從文」，李維善，載 1988 年 10 月 8 日《湖南日報》。

「沈從文研究簡介」，韻鍾，載 1988 年《吉首大學學報》第 2 期。

「致沈從文信」，巴金，載 1988 年《散文世界》第 10 期。

「巴金給張兆和先生的信──不聲不響地做自己的工作」，巴金，載 1988 年 11 月 16 日《人民日報》。

「沈從文的少年夢」，茅銓，載 1988 年 11 月 12 日《團結報》（京）。

「沈從文的『愛的長河』」，簡愚，載 1988 年 11 月 15 日《作家生活報》。

「沈從文人生一角」，淩宇等，載 1988 年《名人傳記》第 11～12 期合刊。

「沈從文故居開始整修」，曾文潔，載 1988 年 12 月 3 日《團結報》（湘西）。

「四十年代末的沈從文」，袁可嘉，載 1988 年 12 月 25 日《光明日報》。

「初識沈從文」，傅漢思，載 1988 年《新文學史料》第 4 期。

「胡適爲沈從文作伐」，載 1988 年《讀者文摘》第 4 期。

「過了時的悼念」，林印，載 1988 年《瞭望》第 29 期。

「從遲發沈從文逝世消息說起」，朱承修，載 1988 年《新聞戰線》第 12 期。

「沈從文之死與新聞改革」，李鴻基，載 1988 年《新聞戰線》第 12 期。

「姍姍來遲的報喪新聞」，鍾懷，載 1988 年《新聞戰線》第 12 期。

「從『鄉下人』到名作家──沈從文步上文壇前後」，王保生，載 1988 年《民間春秋》第 6 期。

「清新纏綿悱惻哀婉動人──讀蕭離散文《湘西你不要哀慟》」，張加仟，載 1988 年 12 月 9 日《團結報》（湘西）。

「新華社爲何遲發沈從文逝世消息」，載 1989 年 1 月 1 日《文匯報》。

「一個不甘寂寞的靈魂──回憶沈從文先生」，韓棕樹，載 1989 年 1 月 15 日《中國文化報》。

「和沈從文一次難忘的會晤」，朱國華，載 1989 年 1 月 17 日《人民政協報》。

「沈從文和林語堂」，黃秋耘，載 1989 年 1 月 23 日《羊城晚報》。

「寬厚的人並非孤寂的作家——關於沈從文的爲人和作品」，王西彥，載 1989
　　年《隨筆》第 1 期。

「綠意」，顏家文，載 1989 年《眞善美》第 1、2 期合刊。

「永久的紀念」，田志祥，載 1989 年《湖南文學》第 1 期。

「寂寞的作家在寂寞中離去——郭玲春談沈從文去世前後的新聞報導」，郁維
　　剛，載 1989 年《新聞記者》第 1 期。

「沈從文先生故居陳列館開館紀念——調寄《沁園春》」，黃先順，載 1989《神
　　地》（湘西）第 1 期。

「在沈從文故居」，彭學明，載 1989 年《神地》（湘西）第 1 期。

「星斗其文　赤子其人——記沈從文先生辭世」，向成國，載 1989 年《神地》
　　（湘西）第 1 期。

「一代宗師沈從文」，古華，載 1989 年《新文學史料》第 2 期。

「再生的鳳凰：憶沈從文」，巫寧坤，載 1989 年《國際關係學院學報》第 2
　　期。

「關於沈從文逝世消息的雜感」，沙林，載 1989 年《新聞戰線》第 2 期。

「負疚的懷念——關於沈從文先生斷憶」，邵燕祥，載 1989 年《散文世界》
　　第 2 期。

「從沈從文先生逝世所引起的……」，謝忱，載 1989 年《新聞戰線》第 2 期。

「從作家到歷史文物專家——小記沈從文」，王黎暉，載 1989 年 3 月 11 日《洛
　　陽日報》。

「沈從文軼事（一）」，文子，載 1989 年 3 月 4 日《團結報》（湘西）。

「沈從文軼事（二）　扭秧歌的日子」，文子，載 1989 年 3 月 18 日《團結報》
　　（湘西）。

「沈從文故居恢復原貌」，陳利，載 1989 年 3 月 31 日《團結報》（湘西）。

「一個有特殊風格的人——從文先生瑣憶」，季羨林，載 1989 年 4 月 1 日《文
　　匯報》。

「沈從文軼事（三）　毛澤東的希望」，文子，載 1989 年 4 月 1 日《團結報》
　　（湘西）。

「『重寫文學史』條件欠成熟」，汪曾祺，載 1989 年 4 月 2 日《文摘報》。

「懷念從文巴金」，載 1989 年 4 月 2 日《文匯報》，又載 1989 年《新文學史料》第 2 期，又載 1989 年 4 月 27 日《文學報》。

「沈從文軼事（四）　緣起」，文子，載 1989 年 4 月 8 日《團結報》（湘西）。

「沈從文軼事（五）　冰淇淋」，文子，載 1989 年 4 月 15 日《團結報》（湘西）。

「沈從文軼事（六）　不容忽視的學生——江青」，文子，載 1989 年 4 月 16 日《團結報》（湘西）。

「莫寫不應寫的文章」，愷焉之，載 1989 年 4 月 18 日《湖南日報》。

「一生節儉居天下　留下芬芳在人間——沈從文故居辟為紀念館」，陳利，載 1989 年 4 月 20 日《文學報》。

「郭玲春與巴金傾心交談——『沈從文逝世消息』為何遲發」，趙蘭英，載 1989 年 4 月 27 日《文學報》。

「沈從文與大公報文藝副刊」，載 1989 年 4 月 29 日《新聞山版報》。

「沈從文軼事（七）　吉首渡口」，文子，載 1989 年月 29 日《閉結報》（湘西）」。

「我所理解的沈從文（詩）」，汪威，載 1989 年《湖南文學》第 4 期。

「馬悅然向我校沈研室贈書」，駱邦建，載 1989 年《吉首大學學報》第 1 期。

「『沈從文著作吸引我來湘西』——記瑞典漢學家倪爾思」，銀雲，載 1989 年 5 月 6 日《湖南日報》。

「沈從文軼事（八）　沈從文與魯迅」，文子，載 1989 年 5 月 6 日《團結報》（湘西）。

「永久的企盼——寫在沈從文先生逝世一週年」，彭業忠，載 1989 年 5 月 10 日《團結報》（湘西）。

「一週年的思念」，淩字、顏家文，載 1989 年 5 月 10 日《團結報》（湘西）。

「『箱子岩』下尋沈老」，陳秀根，載 1989 年 5 月 10 日《團結報》（湘西）。

「我的鼻祖——致沈從文先生」，（土家族）彭學明，載 1989 年 5 月 10 日《團結報》（湘西）。

「沈從文故居修復開放——鳳凰舉行沈老逝世週年紀念活動」，小報記者，載 1989 年 5 月 12 日《團結報》（湘西）。

「沈從文軼事（九）　美食」，文子，載 1989 年 5 月 13 日《團結報》（湘西）。

「難忘的微笑——回憶沈從文先生對吉大的訪問」，龍世譜，載 1989 年 5 月

15 日《吉首大學報》。

「心向從文」，駱邦建，載 1989 年 5 月 15 日《吉首大學報》。

「沈從文頌（詩)」，周懷立，載 1989 年 5 月 15 日《吉首大學報》。

「紀念沈從文逝世週年座談會在長召開」，金鑒，載 1989 年 5 月 18 日《湖南
　　廣播電視報》。

「沈從文軼事（十）　演講」，文子，載 1989 年 5 月 20 日《團結報》（湘四）。

「沈從文軼事（十一）　晚餐」，文子，載 1989 年 5 月 27 日《團結報》（湘
　　西)。

「友情和墨香」，臧克家，載 1989 年《人民文學》第 5 期。

「沈從文故居笑迎吉大秀匾翠松」，黎陽，載 1989 年 6 月 1 日《吉首大學報》。

「星斗其文　赤子其人——懷念沈從文先生」，汪曾祺，載 1989 年 6 月 1 日
　　《文學報》。

「沈從文軼事（十二）　偉人」，文子，載 1989 年 6 月 3 日《團結報》（湘西)。

「沈從文軼事（十二）　甜點心」，文了，載 1989 年 6 月 10 日《團結報》（湘
　　西)。

「沈從文軼事（十四）　王村雷雨」，文子，載 1989 年 6 月 17 日《團結報》
　　（湘西)。

「沈從文逝世週年」，史復，載 1989 年 6 月 17 日《文藝報》。

「一頁幾被遺忘的日記」，李喬，載 1989 年 6 月 23 日《羊城晚報》。

「沈從文軼事（十五）　部長級待遇的由來」，文子，載 1989 年 6 月 24 日《團
　　結報》（湘西)。

「來今雨軒」，李輝，載 1989 年 6 月 28 日《中國青年報》。

「耿耿赤子心」，〔日〕E・A・加根撰，龍滔譯，載 1989 年 7 月《文學翻譯報》。

「一生節儉闖天下　長留芬芳在人間」，陳利，載 1989 年 7 月 3 日《湖南日
　　報》。

「埋性的把握」，柳叢夢，載 1989 年 8 月 4 日《團結報》（湘西)。

「對沈從文研究的一點新理解」，金介甫，載 1989 年《群言》（京）第 8 期。

「記沈老給我信的前後」，周健強，載 1989 年《散文世界》第 8 期。

「不盡的懷念——讀《長河不盡流一懷念沈從文先生》一書」，李端生，載 1989
　　年 9 月 1 日《團結報》（湘西)。

「想起了當年的從文先生」，李端生，載 1989 年 9 月 15 日《團結報》（湘西)。

「鳳凰縣古墓被盜嚴重沈從文祖墳亦遭厄運」，李耀，載 1989 年 11 月 29 日《團結報》（湘西）。

「沈從文與胡適」，黃艾仁，載 1989 年《江蘇教育學院學報》第 3 期。

「那彎彎的邊城小路──記吉首大學沈從文研究室」，默子，載 1989 年 12 月 15 日《吉首大學報》。

「爲莊嚴的人生作畫──介紹《沈從文傳》」，丁寧，載 1989 年 12 月 25 日《新聞出版報》。

「沈從文與文昌閣小學」，（臺灣）滕興傑，載 1989 年 12 月中國人民政治協商會議湖南省鳳凰縣委員會文史資料研究委員會編《懷念沈從文・鳳凰文史資料》第二輯。

「沈從文故居接待中外遊客近兩萬」，白奎，載 1990 年 3 月 11 日《團結報》（湘西）。

「師恩沒齒寸心知──悼念沈從文師逝世二週年」，吳小如，載 1990 年 5 月 4 日《人民政協報》。

「文章事業足千秋──胡昭衡談沈從文」，林龍，載 1990 年 5 月 9 日《團結報》（京）。

「沱江的呼喚」，雪楓，載 1990 年 5 月 10 日《團結報》（湘西）。

「乾涸的清泉──丁玲與沈從文的分歧所在」，陳漱渝，載 1990 年《人物》第 5 期。

後　記

十年，其實短得就像一次課間。

1998 年的春天，帶著考研面試通知和校園生活灌溉出來的理想情懷，我從春寒仍然料峭的故鄉一路跨越黃河與長江，穿過桃花林和油菜花田，在一片豔粉鵝黃之間去到遙遠的南國。那時節，風靡全球的《泰坦尼克號》開始公映，我在日記中不無豪邁地寫道：「我與泰坦尼克　同登陸這座城市。」那時候的我尚不清楚，與泰坦尼克號一同走近的，還有一門叫做現當代文學的學科，還有一種和學術有關的生活。

2008 年的今天，我坐在宿舍裏的書桌前，眼前　片凌亂，指尖輕觸鍵盤敲下「後記」字樣的時候，不覺想起當年碩士畢業論文後記的最後一句話——「長長的一個季節結束了，讓我們就這樣告別了吧……」

只是，怎麼可能如此輕易地告別呢？這一刻，窗外一派春日豔陽，宿舍樓下綠柳婆娑、玉蘭盛放，就像三年前的春天，我坐在教三樓下的草坪上，等著下一場入學考試的開始；就像兩年前的春天，在課堂作業的寫作中聽著程老師一點點細說研究角度和方式的調整，我已是一片焦灼，老師卻耐心和藹如初；就像一年前的春天，論文選題時，老師一次次斟酌，確定題目後從框架到方法經過多次反覆，但一直在老師悉心指點下推進。論文開題後，又先後得到了馬相武、洪子誠、李今、孫民樂、陳陽諸位老師的指導和幫助。此後整個論文的寫作，始終在程老師的努力下一次次突破瓶頸、扭轉僵局，每次我誠惶誠恐上交論文時總能在第一時間得到老師的回信，在老師的鼓勵和指點下繼續寫下去。在老師的學問讓我滿懷敬意受益匪淺的同時，那謙遜熱忱的為人之道更帶給我感動和啟發。

　　三年讀博是一段漫長而不大好走的路。感謝師長和我周圍的同學們，讓我能在回想起這一切時，心中一片明媚，讓我在這座稍嫌擁擠的校園裏收穫真誠與溫暖。

　　接下來的致意要留給我的家人。我是如此感激我的父母。他們給了我完滿的人生起點，陪我走在每一段順利或不大順利的路上，一直以來，在我真誠生活的姿態背後，是他們幫我實現每一個夢想，甚至在我成為母親之後，依然是他們傾盡心血和愛，澆灌我的女兒的成長。我還要感謝我的丈夫，多年來我們一同分擔形而下的操勞，分享形而上的逍遙，在論文最後的日子裏，我們談及論文的時間甚至要遠遠多過談起我們的女兒。正緣於此，我將胸中最難以言說的心意留給我的女兒張任遠。三年前，我走出考博面試考場後的第一件事是抱著得了肺炎的她去兒童醫院輸液，那時，她四個月零八天。三年中，她與我的論文一同成長，數度北上南下，行程數萬，是真正的少小離家，流離顛沛。在論文結束的這一刻，我只想對她說「謝謝」——謝謝她茁長成長，謝謝她健康快樂，謝謝她，在那些闊別媽媽的日子裏，依然愛我！

2008 年 4 月 25 日